LAB C

Giddens
九把刀

蟬堡

LAB C

〔沒有夢的小鎮〕

目錄

1

西元1976年，內華達州，距離州際道路半個小時車程。

綠石鎮，一個虔誠的基督教村莊。

全年無休的好陽光，帶著草香的乾燥空氣，沁涼薄水所構成的綠石鎮，擁有美國畫家筆下最樸實的南方田園風光，彷彿可聽見慵懶輕鬆的鄉村歌曲。當然了，還有知名恐怖小說家史蒂芬·金最常使用的場景……一望無際的玉米田。

在這個典型的農業小鎮裡，對信仰的虔誠是聚集居民的美好因素，所以整個鎮的房子便自然而然以鎮裡唯一教堂爲中心，做輻射狀的排列。既諧調又美觀，如同上帝的旨意。

鎮上每個人都很和善，即使是好奇心重的年輕人，對鎮上的緩慢發展都抱以寬容，大家安居樂業，幾十年來都沒有人口外移的問題。當然了，也不會有人口過度膨脹或移入的困擾。

教堂前，噴水池旁。

一個女孩看著水花濺起，在陽光下譜出的淡淡彩暈，好奇地伸手觸摸。

年輕的母親坐在噴水池旁，微笑看著天眞無邪的女孩。

「媽，爲什麼會有彩虹？」小女孩好奇。

「上帝在無法決定要用什麼顏色的時候，就創造了彩虹囉。」母親撥弄著噴水池的池水。

多麼美麗的答案。

遠處傳來小孩打鬧的聲音。

「一定又是哥哥在跟別人打架了。」女孩說。

女孩有個很美麗的名字，恩雅。

恩雅說得沒錯，一群小孩子從玉米田追打著她稱爲哥哥的小男孩，一路追打到鎮中心的教堂。

小男孩蓬頭垢面，咧開嘴誇張地笑著，一腳穿著鞋子，一腳赤足，像隻猴子邊逃邊往後做鬼臉大笑，嘲弄其餘的小孩子都能抓住他似地。

「可惡！別逃！」一個小孩氣瘋了，手裡還拿著棍狀的樹枝。

「嗚……嗚……」瑪麗大哭，氣急敗壞追在後頭。

「嘻嘻！嘻嘻！你們這些大白痴！大笨蛋！大狗蛋！」臭小孩又做鬼臉，手裡拎著一條辮子。辮子顯然是剛剛才從瑪麗的頭上硬剪下來的。

母親站了起來，皺著眉頭，看著自己被追打的兒子。才九歲，就是鎮上的小魔星，整天就會作弄其他的小孩子，對大人惡作劇，完全無法管教。

上個月，喬洛斯將患有小兒麻痹的哈克綁在樹上，若無其事地回家吃晚飯，等到晚上大家都找不到哈克，焦急不已時，喬洛斯才跑到哈克家門口哈哈大笑，說出自己對哈克所做的一切。哈克被大家從樹上解開時，早已昏了過去。

又說到前兩個禮拜，喬洛斯偷走瑪麗心愛的狗，然後活埋在玉米田裡，只露出一個大狗頭。狗狗不斷掙扎，卻無法逃出，最後活活被曬死。喬洛斯竟還編了個誰都不會相信的謊話，試圖把這樁慘劇栽贓給小兒麻痹的哈克。

又說前天，投宿在鎮上汽車旅館的外地旅客，車子不見了，旅客在警局報失的時候，竟發現警察正在處理開餐飲店的老科的投訴，說有輛車子炸彈般撞毀了他的院子，輾壞了籬笆跟狗屋，差點謀殺了他鍾愛的老狗。肇事者腳底抹油逃走。除了那倒楣的旅客，大家都知道偷車肇事的壞蛋是自己的兒子。

以上的惡行完全超乎了一個小孩所能被忍受的頑皮。根本就是邪惡。

要不是鎮上的醫生說過，喬洛斯有過動兒的傾向，要定時吃藥、慢慢耐心管教，她眞想拿藤條狠狠地甩喬洛斯的屁股幾下，禁足一個月。

小鬼頭們打打鬧鬧到別處。母親嘆了口氣。

「要是喬洛斯，能分一點活潑給喬伊斯就好了。」母親看著恩雅，恩雅猛點頭。

喬伊斯是喬洛斯的雙胞胎哥哥，長恩雅兩歲。相對於喬洛斯的頑皮搗蛋，喬伊斯則是太過沉靜，一天說不到十句話，將大部分的時間，都花在睡覺上面。但醫生說，喬伊斯並沒有嗜睡症、或是內分泌失調的症狀，只能勉強解釋，喬伊斯天生就相當喜歡睡覺。

「上帝將喬洛斯跟喬伊斯交給我們家，一定有深刻的用意，只是現在還看不出來罷了。恩雅，要愛妳的哥哥，就如同愛我們的天父一樣。」母親溫柔地說。

「是，媽媽。」恩雅甜笑。

母親牽著恩雅的手，踏著隨陽光搖曳的樹影，慢慢走回家。

2

晚飯時間，全家人一起吃飯。

就連超愛睡覺的喬伊斯也勉強爬下床，溫吞地坐在喬洛斯與恩雅中間，有一搭沒一搭地喝著玉米湯。吃著吃著，湯還沒涼，喬伊斯又稀哩呼嚕睡著了，模樣實在天眞可愛。

至於胡鬧了一整天的喬洛斯頗有胃口，吃光了自己面前的馬鈴薯泥，還搶過妹妹恩雅的那份，吃到滿臉都是。

喬洛斯邪惡地對著恩雅獰笑，想誘引恩雅同他大吵一架。七歲的恩雅默默吞忍，因爲她看見母親臉上淡淡的笑容，似乎在鼓勵恩雅原諒生了頑皮病的哥哥。

身爲鎭上牧師的父親卻是一臉嚴肅，不時瞪著嘻嘻哈哈的喬洛斯。

喬洛斯今天剪了瑪麗的辮子，害瑪麗家人怒氣沖沖地跑到教堂興師問罪，讓身爲牧師的他覺得很失面子。更扯的是，當父親抓著喬洛斯的頸子拎去跟瑪麗一家人道歉時，喬洛斯居然當眾脫下褲子，寡廉鮮恥地小便了起來，還故意翹高屁股，將尿射在瑪麗的裙子上。

父親氣得甩了喬洛斯一巴掌，喬洛斯卻笑嘻嘻地再度掙脫逃走。

「爸爸是笨蛋！大人都是笨蛋！上帝也是大驢蛋！」喬洛斯逃跑時這麼大叫。

再放任喬洛斯這樣下去，自己肩負神聖聖職的能力一定會遭到質疑，在鎮上就無法繼續佈道了，更別提競選下任鎮長的計畫肯定一敗塗地。

對鎮上的人來說，喬洛斯跟惡魔沒有兩樣。

而無法管教惡魔的人，又怎能說是好牧師？

「我打算，送喬洛斯去英國教會的寄宿學校，我想那邊的環境對喬洛斯未來的成長，會比較有幫助。」父親看著母親。

「我們已經討論過了，親愛的，我們必須對天父有信心。」母親輕嘆：「天父認為我們能夠教養喬洛斯，才會將喬洛斯交在我們家裡。」

父親看著喬洛斯，喬洛斯正抓亂頭髮，拿著湯匙，拍拍睡眼惺忪的喬伊斯的背。

「哥哥，嘻嘻，嘻嘻，吃完才有力氣睡覺，嘻嘻。」喬洛斯說，將湯匙交在哥哥喬伊斯的手裡。

雖然對其他人來說，喬洛斯是無法理解的壞蛋，但喬洛斯對與自己一模一樣長相的哥哥，可是完全的關心與照顧。或許血脈相連的喬伊斯，是喬洛斯唯一的認同。

此時連母親都忍不住心想，也許是每天都看見喬洛斯照顧喬伊斯的模樣，才能堅信喬洛斯保有善良本質，自己才能篤信喬洛斯終有一天能夠從奇怪的惡作劇性格裡清醒過來。

「孩子的爹，我們會看見奇蹟的。」母親摸著牧師丈夫的手。

「希望如此。」父親皺眉。

他的心裡實在不痛快。

3

晚餐後，全家人一起在客廳看電視。

母親打著丈夫的新毛衣。一直處於朦朧狀態的喬伊斯在母親的懷中睡覺，全身縮在一起，睡相甚甜。喬洛斯像個流氓一樣，大剌剌搶過父親習慣的搖椅位置，蹺起二郎腿玩打火機。恩雅坐在正翻閱聖經的父親身旁，專注地看著電視的玩偶卡通「愛麗絲夢遊仙境」。

「爸！要不要來支菸！」喬洛斯用打火機點燃鉛筆末端，假裝抽菸。

「住嘴。」父親嫌惡地瞪了喬洛斯一眼，喬洛斯只是嘻嘻嘻怪笑，沒大沒小。

恩雅看著電視，眉頭卻越來越緊，小小的臉蛋充滿了疑惑。

愛麗絲夢遊仙境的布偶卡通中，裡頭主人翁的種種遭遇新奇有趣。愛麗絲遇見了粉紅色眼睛的兔子、會說話的貓，還有瘋狂的帽商；她看到了刺蝟、紅鶴和撲克牌的比賽，甚至差一點被奇怪的皇后下令砍頭，最後愛麗絲大哭，身體不斷變大，淚水化成了河流，沖倒紙牌士兵。

故事在愛麗絲醒來時結束，原來這只是一場夢。

只是一場夢。

「媽，什麼是夢？」恩雅突然問。

母親笑笑，解釋道：「夢啊，就是妳睡覺的時候，所經歷的……」母親說到一半，發現這件再稀鬆平常的事，反而難以解釋。

恩雅還是不懂，看著母親，又看著父親。

「夢啊，就是……恩雅，妳沒有作過夢嗎？」父親感到有些好笑。

恩雅搖搖頭，不知道自己爲什麼要作夢。

「恩雅，妳睡著的時候，都沒有看見，或是聽見什麼嗎？」母親溫柔地看著恩雅。

「我說妳一定作過夢，只是不知道那是叫作夢，如此而已。」父親繼續看聖經。

恩雅搖搖頭，模樣很委屈。

爲什麼父親跟母親都將「作夢」講得那麼理所當然？

「是不是我不夠乖，所以才沒有辦法作夢？」恩雅急得快要哭了。

「嘻嘻，大白痴！」喬洛斯哈哈大笑，拿著末端冒火的鉛筆，嘲弄地看著自己的妹妹，身子猛烈晃著搖椅，像個土霸王。

恩雅被他這麼一激，眼淚差一點就掉了出來。

父親怒火中燒，瞪著喬洛斯，眞想將手中的聖經丟砸過去。

「怎麼會呢？恩雅一定作過夢，只是忘了，嗯？例如半夜作惡夢……」母親說出這句話的時候，自己卻情不自禁地揪起了眉頭。

恩雅的確沒有因爲「作惡夢」而半夜醒來，經歷其他孩子必然會有的嚎啕大哭，無法抽離惡夢的景象，分不清楚現實與夢境的差距……沒有，一次也沒有。恩雅總是睡得又香又甜。

還有，夢？

怎麼自己好像對「夢」這個字，突然感到陌生起來？

母親的手臂，突然泛起一陣雞皮疙瘩。

這種異樣的感覺是怎麼回事？

「好像媽媽自己，最近也很少作夢呢。」母親拉過臉漲得通紅的恩雅，撫摸她的頭髮。但母親不禁開始回憶，自己最近一次作夢，是什麼時候的事呢？

「是啊，爸爸也是。」父親隨口安慰道，低頭翻著聖經，卻也陷入奇怪的疑惑裡。

說到作夢，自己最近好像不是很有作夢的記憶，是因爲沒有仔細回想夢的內容？還是根本就是一覺到天亮？

母親看著牆上的圖畫，是梵谷的複製畫「夜空」。

畫如其名，藍色的夜空在梵谷充滿生命力的筆觸下，展現奇異的流線擾動。像是疊疊海浪，像是藍色的樹輪，像是遙遠宇宙的銀河。但或許更像是城市裡一個又一個的夢境，諧和又纏繞彼此地流捲在空中。

看得出神，令母親有些迷惑了。

「說起來，媽媽好像有好幾年都沒有作夢了。」母親說，記憶開始恍惚。

年輕時候的自己，有在日記的尾巴記錄當天夢境的習慣，但這幾年日記漸漸擱著了，封面蒙了塵。本以爲自己是因爲生了孩子，家事繁雜，在寫日記上產生了惰性。但現在認眞想想，好像是因爲不再作夢的關係，失卻了記錄的理由之一，所以才自然而然擱下了日記本。

父親看著母親略顯憂鬱的神情，不禁暗暗好笑。

「算了吧，沒有作夢也不是什麼大不了的事。」父親站了起來，伸了個懶腰。

喬洛斯咧開嘴大笑，劇烈晃著搖椅大叫：「作夢！作夢！作夢……」

母親看著躺在懷中熟睡的喬伊斯，喬伊斯睡到身體都微微發熱起來，眼皮快速顫動，嘴巴微開，口水從嘴角滲出。母親親吻喬伊斯的頸子。

那麼愛睡覺的他，現在不知道是否作著夢？作著什麼夢？

4

第二天，牧師太太帶著恩雅，與好不容易起床的喬伊斯到街上走走，曬點陽光。早上的新聞裡有則報導，科學家說有部分的過度嗜睡情況，是因爲人們沒有因循大自然的法則，在早晨曬曬陽光，在夜裡關上所有的燈光睡覺，令體內的褪黑激素分泌不足所致。所以要解決睡眠紊亂的症狀，還是先老老實實跟著大自然的生理時鐘走罷。

至於調皮的喬洛斯，一大早就不見人影。冰箱裡的麥片與牛奶放在桌上，餐具亂七八糟，顯然是喬洛斯自己瞎吃一通後就跑出去玩了。

不，是迫不及待惡作劇去了。

牧師太太帶著細心備妥的餐盒，與恩雅、喬伊斯在玉米田邊的大樹下野餐。

玉米田裡特殊的穀類香氣，吸引了各式各樣的蟲鳴鳥叫。簡單填塞、戴著寬大草帽的稻草人矗立在翠綠色的粗莖之上，試圖嚇走啄食玉米粒的麻雀。但麻雀早已見怪不怪，有些還停在稻草人的帽子上左顧右盼。

這塊玉米田的主人洛桑先生似乎也不怎麼在意麻雀的問題，畢竟距離收成的季節還有兩個月，人鳥之間還可以好好相處一段時光。

「昨天媽媽也沒有作夢呢。」牧師太太吃著三明治，對著恩雅笑笑。

「我也是，媽，我到底要怎樣才會知道什麼是作夢？」恩雅噘著嘴。

喬伊斯吹著玉米田淡淡香氣的風，身子搖搖晃晃，舒服到又想要睡覺了。

「喬伊斯，你昨天有作夢嗎？」牧師太太好奇。

「祕密。」喬伊斯惜字如金地笑，那笑有些含蓄，卻流露出神祕的光采。

「哥哥都有作夢，好好喔。」恩雅拉著喬伊斯的手，說：「哥，你可不可以把夢分給我一點，我都沒有作過夢呢。」模樣可愛得不得了。

喬伊斯只是神祕地笑，或者說，快要睡著了的笑。然後親吻恩雅的鼻子。

牧師太太看著可憐沒作過夢的恩雅。作夢這種東西，應該在很小很小、甚至是嬰兒時期、或甚至在母親懷中的時候，就應該開始的一種腦內活動。母親想起了幾份曾看過的醫學新訊。

然後牧師太太想起了，昨天晚上睡覺前刻意翻找出來的陳舊日記本。

自己最後一次記錄夢境，竟是在九年前。大約是生下喬伊斯喬洛斯兩雙胞胎半年後，寫日記的習慣就停了。仔細看日記本上的記錄，自那次生產後，日記就只有斷斷續續寫過四十五次，越往後就疏落。沒有一次記錄著當天的夢境。

然後就不知不覺沒有再碰過日記本了。

「也許應該請教一下麥可醫生？」牧師太太自言自語。

牧師太太擔心起恩雅身上是不是有什麼激素分泌不足的問題……

而自己，或許也患有這樣的疾病？

5

吃完早餐，牧師太太便眞的拎著喬伊斯跟恩雅，漫步穿過玉米田後的樹林，到了教堂旁邊的小診所。

小診所窗明几淨，是兩代相傳的簡單裝潢，沒有刺鼻的藥水味，沒有昂貴的手術設施，就連診所裡的護士也只是穿著家居的衣服，沒有緊迫盯人那種不安氣氛。

麥克醫生什麼病都看，但畢竟在綠石鎭執業的麥克醫生只是一般家庭醫學科，所以在研判病情需要進一步檢查時，麥克醫生會建議病人開車到鄰郡，接受大醫院精密儀器的檢測。沒有人提議要在鎭上蓋大醫院，因爲罕有人生什麼大病。

麥可醫生也是喬伊斯與喬洛斯的家庭醫生，麥可醫生替喬洛斯的過動兒症狀背書，認爲喬洛斯的「失控」是一種疾病，而不是窮極無聊的調皮搗蛋。若非如此，鎭上的居民對喬洛斯的容忍早就潰堤。雖然潰堤只是時間的問題。

麥克醫生是個公認的熱心腸，有時病人體弱沒辦法自行到鄰郡的大醫院，麥克醫生還會親自開車往返一程。他的善行令他成爲下屆鎭長的熱門人選。據說麥克醫生也有競選的打算。

一大早，診所沒有病人，牧師太太直接領著兩個孩子坐下，簡單說明來意。

「原來，小恩雅沒有作過夢啊？」麥克醫生笑笑，眞是個可愛的問題。

恩雅卻很認眞地點點頭，祈求道：「醫生，我是不是生病了？拜託請讓我作個夢，不管是多苦的藥我都願意吃，我也會每天乖乖跟天父禱告，祈求祂讓我作幾個夢。」恩雅雙手合十，虔誠的模樣惹人憐愛。

「其實作夢……」麥克醫生正要開口，就被牧師太太不好意思地打斷。

「醫生，其實我自己也好幾年沒有作過夢了，我想，這會不會是遺傳的問題？還是內分泌失調？」牧師太太靦腆問道，因爲她察覺到麥克醫生原本只是想用童言童語跟恩雅虛晃一招。

但這可不是她一早來診所的目的。

「嗯，其實沒有作夢，睡眠品質似乎是更好才是，不必過度擔心。」麥克醫生立刻擺出認眞沉思的表情，開始在腦中尋找他最擅長的佛洛伊德那套精神分析的理論。

牧師太太微笑點點頭，但顯然並不滿意。

「夢的科學家佛洛伊德，在他的著作《夢的解析》裡，認爲夢不只是錯覺。相反的，佛洛伊德認爲夢不是空穴來風，不是毫無意義、不是荒謬、不是半睡半醒的意識產物。夢完全是有意義的精神現象。實際上，夢是一種願望的達成。」麥克醫生學者般的細密口吻，將平淡無奇的理論說得煞有學問。

「醫生，那夢到底是什麼？」恩雅的童言童語，卻直截了當。

「夢是一種清醒狀態精神活動的延續，是高度錯綜複雜理智活動的產物。可以說，夢是一種被壓抑願望的假裝滿足，是『被壓制的衝動要求』與『自我檢查能力的阻撓作用』之間的一種妥協。夢中的表現只是意願，夢潛在的內容才是它本質所在。」麥克醫生陳述理論時，故意挑選艱澀的語彙組合。

這是他最擅長的事，用最有效率的方式經營出最有智慧的樣貌。麥克醫生很喜歡鎮上居民給他「綠石鎮最聰明的人」的封號，雖然他總是謙遜地笑而不答。

果然年幼的恩雅被唬得一愣一愣，連牧師太太也露出努力細嚼麥克醫生用語的表情。

至於喬伊斯，一手杵著下巴，一手隨意玩著桌上的懸吊鋼珠，搭搭，搭搭，搭搭。在單調的節奏催化下，喬伊斯眼睛快要瞇成一條線。

「舉個簡單的例子。例如夢見喉嚨乾裂而在喝水，其實是因為前一天吃了很鹹的食物。」麥克故作輕鬆，拿著桌上的蘋果遞給恩雅，一副好好先生的模樣。

恩雅接過，看著牧師太太；牧師太太溫柔點頭，恩雅於是高興地咬了起來。

「佛洛伊德是一位主張極端的前定主義者，認為心理上有一因必有一果、有一果必有一因；沒有一件事是偶然的。心理界與物理界一樣，無所謂偶然。所以夢也絕不是機會造成的錯誤的聯想。被壓抑的欲望與隱意識，夢就是它們的產品。」麥克醫生開始加快背誦理論的速度，將語氣弄成嘲弄的刻意輕快，這個動作讓麥克醫生覺得自己更睿智了。

看著一雙可人的母女，麥克醫生聳聳肩，笑道：「其實我們又怎麼知道佛洛伊德說得對不對？他說夢是科學，但我們還是沒有辦法像數學或是物理學，將夢的理由製作成量表，導出正確的公式。」

「嗯，我想也是。一百個人夢見喉嚨乾裂而在喝水，也不可能都是前一天吃了太鹹的食物，一定也有人是做了別的事情，例如前一天晚上看了場關於沙漠的記錄片，或是睡覺時天氣突然變熱。」牧師太太說。

「嗯，或許理由不一，但還是在佛洛伊德的理論裡面，前因，加上後果。」麥克醫生摸摸恩雅的頭，繼續說道：「影響夢內容的兩大因素是，過去經歷所留下來的印象，以及最近的刺激。前者像火藥，後者像導火線。沒有所謂單純、毫無掩飾的夢。夢的每一個細節都代表一定的意義。」

「那麼，沒有作夢的意思，是不是就是沒有作夢的原因？沒有作夢的素材？」牧師太太問，但實在有點不能認同自己沒有作夢的素材。

「有時候，一成不變的生活，或過於平淡的人生，會稀釋作夢的潛在能量。」麥克醫生說，暗示美麗的牧師太太應該生活多點變化。

這樣的暗示，有著某種特殊的含意，是否會發酵，就端看一點運氣了。

牧師太太陷入思考，咬著蘋果的恩雅看著這樣的母親，竟開始愧疚起來。

「媽，對不起。小恩雅沒作夢也沒關係。」恩雅擔心起憂鬱的母親。

「沒呢，媽媽只是在想事情。」牧師太太說。

也許綠石鎮的平凡日子過慣了，幸福又快樂，真的沒有什麼作夢的理由……如果佛洛伊德的理論全數成立的話。

但是，平凡的日子不可能只屬於自己，畢竟小魔星喬洛斯可是自己的孩子。平凡的日子，理應是全鎮的居民共同的日常經驗。

牧師太太有了這個想法後，直覺地脫口而出：「對了，麥克醫生，你最近有作夢嗎？」

「當然了。」麥克醫生很快回答，連一點考慮都沒有。

「那是什麼樣的夢呢？」牧師太太單純的好奇。

「夢啊……」麥克醫生開始回想夢的內容。

最近的夢……最近的夢啊……

麥克醫生搔搔頭，玩著手上的筆，但就是想不起來最近作過什麼樣的夢。

只有很少的人會留意自己的夢境吧？解夢那樣子的事，已經不流行了。或者根本沒有真正流行過，以後也不會突然盛行起來。自己當然有作夢，只是一時想不起來罷了。

麥克醫生聽著懸吊鋼球的搭搭，搭搭，搭搭聲，又看著美麗的牧師太太。心想，乾脆編個有趣又幽默的夢吧，說不定可以增添美麗的牧師太太對自己的好感。

懸吊鋼球終於停止撞擊擺動。

突然，對街傳來驚恐的惶惶聲音。

「不好了！喬洛斯燒掉了馬克太太家的屋頂啦！大家快去救火！」

喬洛斯燒掉了馬克太太家的屋頂！

牧師太太大吃一驚，這孩子終於惹出滔天大禍，她第一反應起身，向麥克醫生說了抱歉後便衝了出去，小恩雅也放下咬到一半的蘋果快跑跟著。

趴睡在診所桌上的喬伊斯，則被母親與妹妹遺忘。

鎮上起了大騷動，大家紛紛放下手邊的工作，拎著水桶跟好奇心，往馬克太太的家跑去。天空一柱濃煙直貫而上，火勢顯然不小。

麥克醫生打開窗戶，看著一張張選票慌慌張張的臉孔，不自覺也捲起袖子。麥克醫生思忖著等一下出去裝模作樣幫忙救火後，是否應該繼續站在身爲喬洛斯的病人立場，保持專業的智慧形象，與有容乃大的慈悲？還是……該站在下任鎮長的角度，逼迫牧師先生好好地、嚴重地懲罰一下喬洛斯？

但已到了那樣的時刻了嗎？也許再拖一陣？鎮民還能積壓多少對喬洛斯的反感？麥克醫生頗爲躊躇。時機的拿捏，總是很結果論的。

「當醫生眞好。」

麥克醫生的身後，突然傳來的明朗聲音。

麥克醫生回頭，只見原本呼呼大睡的喬伊斯，已好整以暇坐了起來。

完全沒有一絲倦意，也沒有一貫的矇矓眼神。

「喔？怎麼說呢？」麥克醫生失笑，這孩子眞是童言童語。

「隨便舉一些佛洛伊德的東西，就可以將安妮嬸嬸這張年輕又漂亮的選票騙上床。利用觸診的機會，可以放情玩弄瑪麗的處女之身。」喬伊斯笑笑，手指捏起一顆鋼球，微微上揚，然後放開。

懸吊鋼球，再度碰撞起單調的搭搭，搭搭，搭搭聲。

「你……」麥克醫生大駭，剩下的吃驚語詞，全都梗塞在喉頭無法出口。

「利用初潮的麗卡對你的崇拜，拍下一系列不堪入目的裸照，深夜時候總喜歡看著一張張鹹濕的照片手淫。」喬伊斯天真無邪，看著臉孔逐漸變形的麥克醫生。

搭搭，搭搭，搭搭……

搭搭，搭搭，搭搭……

「開給喬洛斯安定神經的藥物也是假的，喬洛斯在鎮上惹出越大的麻煩，我父親牧師先生對你競選下任鎮長的威脅就越小。」喬伊斯微笑。

那笑容，就像一陣爽朗的夏風吹過向日葵花園，漸漸擴染成金黃的波海。

「你究竟是怎麼……」麥克醫生身子劇震，往後退了一步，鞋跟撞上低矮的藥櫃。

窗外的陽光柔和灑在喬伊斯的身上，黃金色的頭髮，湛藍的明眸。就像個天使。無可挑剔的聖潔存在。

「不過，還可以辦到更了不起的東西呢。」

喬伊斯看著呆傻住了的麥克醫生，露出世界上，最燦爛的笑容。

6

當全鎮都忙著撲滅馬克太太家的屋頂大火時，喬伊斯又睡著了。

大家手忙腳亂地用各種器具盛滿水，接力往冒著黑煙的屋頂上潑潑潑潑，鎮上唯一的消防隊慌亂趕到接手的時候，房子旁已堆滿了三十幾只大大小小的水桶。

半個小時後，烈焰成煙。

全鎮人確定了一件事，雖然房子保下來了，但馬克太太今晚可得看著星星睡覺。

從教堂趕來的牧師在眾人的怒目下不斷道歉，身子氣到劇烈發抖。

滿臉黑灰的牧師太太一手提著水桶，一手拉著闖下大禍的喬洛斯。

喬洛斯不只是嘻皮笑臉，甚至對著灰頭土臉的眾人瘋狂大笑，眾人臉色越來越沉，越來越垮。

左邊眉毛燒光的卜先生，瞪著故意討打的喬洛斯，第一個開口：「我說牧師先生，是不是應該認真看待喬洛斯的管教問題了？」

「是，我會全額賠償馬克太太家的損失，一定負責到底，一定會負責到底。」身為牧師的父親深深一鞠躬，手裡握著顫抖的十字架。

「我們知道這不是你的錯，但放任喬洛斯這樣下去，下次不知道又會輪到誰家遭殃。」擔任中學校長的別克先生重重嘆了一口氣，說：「火災可不是鬧著玩的，隨時都會出人命！」

德高望重的中學校長這一嘆氣，份量可重了，壓得牧師的身體又縮了一吋。

「不如買副手銬把他銬起來吧！這個天殺的小魔星！」馬克太太雙手掩面，指縫都是淚水。

牧師太太聽得臉都白了。

恩雅抬頭，看見媽媽的眼睛裡噙滿了淚水，她也忍不住想哭。

只見腳步沉重的牧師慢慢走到喬洛斯面前，喬洛斯的雙手翻開眼皮，做了一個非常白目的鬼臉。

「爸！下次我們一起燒吧！哈哈哈哈！把所有的屋頂都燒掉！」喬洛斯蹦蹦跳跳。

齜牙咧嘴，完全沒有一絲悔意。

「畜生！」

牧師一巴掌轟下，力道大得喬洛斯往後摔倒，彷彿在半空中翻了半個圓才落地。

但喬洛斯一倒地，隨即像彈簧般跳了起來。

著。

「爸！好痛！你發瘋了嗎！」喬洛斯竟大笑起來，臉上的紅色掌印像炭火一樣燒

牧師太太失望地搖搖頭，而牧師第二巴掌再度落下。

這一次卻打了個空，靈活像陀螺的喬洛斯譏嘲大笑：「爸！爸！不要打我了啦！」

所有鎮民面面相覷，無法置信。

馬克太太從模糊的指縫中，看著如此樣態的喬洛斯，打了個寒顫：「魔鬼……這孩子是魔鬼……」

牧師的手停在半空，閉上眼睛。

他的鎮長夢，在這一刻總算是走到了盡頭。

7

牧師一手牽著恩雅，一手抓著喬洛斯回家，牧師太太這才想起了喬伊斯還在麥克醫生的診所。

當稍微整理儀容的牧師太太匆匆趕到的時候，沒有病人的麥克醫生正在診間椅子上看書，不時默唸著書上的句子；而喬伊斯，毫無意外，這愛睡覺的孩子還是在睡覺。

「醫生，眞不好意思。」牧師太太小心翼翼撈起喬伊斯。他的身體睡得微燙，呼吸也很沉。

「不會，這孩子很乖呢，一直睡覺也沒有打擾到我。」麥克醫生微笑，手裡的書竟是拿反的。

「醫生，你的書拿反了呢。」牧師太太笑笑提醒。

麥克醫生愣了一下，隨即開自己玩笑：「我喜歡反著看。」

但他一點也沒有把書倒回來的意思，就這麼繼續拿著。

牧師太太簡單描述一下喬洛斯闖下的大禍後，就在嘆息聲中搖醒喬伊斯離去。

「別擔心，我看喬洛斯只是叛逆期比較早到罷了。」麥克醫生言不由衷。

回家的路上，牧師太太都很沉默，睡眼惺忪的喬伊斯沒人可以講話，於是顚顚晃晃地邊走邊睡。

恩雅坐在家門口不停地哭，屋內不時傳來藤條切開空氣的特有聲響，跟喬洛斯含糊不清的大笑聲。不用說，自是牧師在教訓，不，在發洩自己火山爆發似的怒氣。

喬洛斯越是不受教地笑，牧師就揍得越大力，時不時還響起了火辣的巴掌聲。

坐在階梯上的恩雅看見媽媽跟哥哥來了，於是哭得更大聲了。

「乖，我們進去。」牧師太太蹲下，擦去恩雅害怕的眼淚。

「媽媽，爲什麼哥哥這麼可怕，我好怕他的笑聲……」恩雅將臉埋在媽媽的懷裡。

「別怕，哥哥只是……只是……」牧師太太抱著恩雅，也不知道該說什麼。

母子三人走進門，牧師已經氣喘如牛倒在搖椅上，而他消失的力氣全跑到喬洛斯的身上、臉上，讓他皮開肉綻，臉腫成了大豬頭。

牧師太太這次可沒有幫喬洛斯求饒的心情，縱火這件事絕對不能輕饒，這一點都不是小孩子的惡作劇，而是結結實實的犯罪。尤其是喬洛斯這個毫無反省的小魔頭，還咧開嘴嘻嘻嘻笑，顯然這種程度的毒打對他一點效用也沒有。

下。

「這個世界上，眞的有方法可以治療喬洛斯的惡質嗎？」牧師太太的心裡揪了一下。

喬洛斯擦去兩槓鼻血，衝到眼睛半闔半睜的喬伊斯面前，兩手翼展，急停。

「哥，你還沒睡飽啊？」喬洛斯把臉湊到喬伊斯的鼻子前。

「嗯。」

「哥，診所不好玩的話，下次跟我一起燒屋頂吧，我保證把點火的機會交給你。」喬洛斯摸摸喬伊斯的金黃頭髮，語氣十分友愛。

「喬洛斯，玩火很危險呢。」喬伊斯緩緩搖頭，眼神迷離。

「那你遠遠看就好了，眞的，太炫啦！」喬洛斯歪著頭笑，露出剛剛被打掉的半顆門牙。

「……喬洛斯啊喬洛斯……」喬伊斯微笑，逗得喬洛斯也靜了下來。

牧師太太瞧在眼裡。

一向都是如此，只有喬伊斯能跟喬洛斯好好溝通，只有他的聲音能讓喬洛斯心平氣和下來。如果將乖張猖狂的弟弟交給喬伊斯，喬伊斯或許能將喬洛斯給照顧好吧，但喬伊斯醒著的時間實在太少；醒著，也可能隨時就又睡著。

「我決定了。」牧師低下頭。

「你又要提那件事嗎？」牧師太太心中一酸。

「下個月就送喬洛斯到天主教學校吧。我，跟妳，跟整個小鎮，都治不了這個小子。我會拜託學校好好管教他，要不然，我很擔心這孩子會走上跟上帝背道而馳的邪路。」牧師凝重地看著染血的藤條，又看著喬洛斯身上觸目驚心的傷痕。

那些可怕的傷，眞的是自己弄的嗎？自己怎麼會下手這麼重？

爲什麼那個孩子還笑得出來？難道這孩子一點痛覺都沒有？

「好耶！」喬洛斯哈哈大笑，興奮地問：「那喬伊斯也會一起去嗎？會一起去吧！嘻嘻哈哈！」

牧師用嚴肅而悲傷的眼神看著喬洛斯，說：「不會，喬伊斯會留在綠石鎭，留在這個家裡。」

喬洛斯聽完，立刻暴跳如雷，大吼：「才不是這樣！才不是這樣！」

「住嘴！你到底──」牧師用藤條鞭打空氣。

「爸！我一定燒了那間學校！哈哈！燒到你把喬伊斯送去跟我在一起爲止！哈哈！嘻嘻！」

喬洛斯又叫又跳，拉著喬伊斯的手不放。

……眞想替這孩子舉行驅魔儀式，牧師父親的額上又爆出青筋。

8

當晚，一道風颳進了玉米田，祟動了純樸的綠石鎮。

午夜十二點整，瑪麗的房間傳出一聲可怕的尖叫，將家人從睡夢中驚醒。

「是那孩子在作惡夢嗎？」

「不會吧，那孩子從來沒有作過惡夢啊？」

「……算了，沒有聲音了，繼續睡吧。」

「孩子的爸，還是去看看她吧？」

瑪麗的爸媽蒙特夫婦，還是下了床，慢慢走向樓上的女兒房。

走廊上，隱隱聽見裡頭有激烈的撞擊，與扭曲的掙扎聲，兩夫婦這才感覺不妙。

有不速之客！

碰碰碰碰碰！碰碰碰碰碰碰碰！

「瑪麗開門！開門！」瑪麗的爸爸，蒙特先生一手握著鎖住的門把，一手用力拍門。

「開門！誰在裡面！瑪麗！住手！」蒙特太太驚慌不已，因爲她聽見了可怕的聲音。

當蒙特夫婦將門踹開後，看到的景象讓他們往後退了一步。

一個男人全身赤裸坐在女兒的床上，背對著門，呆呆看著窗外的月色。

看不清楚那男人是誰，但他身上，不，整個房間的氣味都很不對勁。

窗外的風，微微吹動男人濕透的髮束。

而女兒一動也不動，靜靜地躺在棉被裡面。

「去拿我的槍！快去！」蒙特先生又驚又怒，大吼：「誰！你是誰！」

男人沒有應答，維持著呆呆看月亮的姿勢。

「喂！」蒙特先生踏前一步。

男人手裡拿了個什麼東西，縱身就往窗外一跳。

兩夫婦趕忙衝到床邊，掀開棉被一看。

衣不蔽體的瑪麗，四肢歪七扭八地僵癱。

沒有頭。

沒有頭。

大量的血水從斷頸汩汩湧出，濕了雪白的床。

——頭去哪啦！

「頭！她的頭被砍掉啦！」蒙特太太尖叫。

那一刻，半個鎮的燈都亮了。

9

柔美的月色閃耀著男人身上的紅色鱗光，在玉米田快步跑著，猶如一頭愉快的野獸。

男人的身後響起了斷斷續續的槍聲。

「別跑！殺人犯！」蒙特先生憤怒的聲音，邊跑邊填裝新的子彈。

無懼槍聲，赤裸男人的跑速越來越快，中等身材上的贅肉奇異晃動，完全沒有緩下來的跡象。

家家戶戶都醒了。

女人打開窗戶察看發生了什麼事，男人則紛紛拿出蒙塵的獵槍，衝出家門支援發狂的蒙特先生。

牧師也醒了。

「我去看看怎麼回事，妳看好三個小孩。」牧師吻了妻子一下，便穿上外套出門。

牧師太太快步跑到孩子們的房間，恩雅跪在床邊爲可怕的尖叫聲祈禱，而喬伊斯兀自睡得甜熟。

但小魔星喬洛斯的床，是空的！

「不會吧……」牧師太太倒抽一口涼氣。

難道，喬洛斯惹下了什麼滔天大禍嗎？

如果剛剛那聲尖叫是爲了他而叫的……

「恩雅，陪在哥哥旁邊祈禱，媽媽出去找喬洛斯！」牧師太太慌張起身。

皎潔的夜色中，眾人用耳朵追隨槍聲的方向，越聚越多。

二十幾個連鞋帶都來不及綁的男人，手裡提著槍，不明就裡地交談。

「有誰知道是怎麼回事？」

「好像出了人命，在蒙特家。」

「我從上面看，行凶的人好像沒有穿衣服，光著身子在跑。」

「看清楚是誰嗎？」

「不知道，他跑得可快！」

「槍聲越來越近了，好像是往那邊？」

「洛桑先生的玉米田！」

果然，眾男人在前方看見氣喘如牛的蒙特先生。

「那個男人在玉米田裡！那個殺我女兒的凶手就在玉米田裡！別讓他跑了！」蒙特先生跪在地上，滿臉憤怒的淚水：「求求你們，殺了他……」

「看清楚是誰了嗎？」牧師蹲在地上，一手搭在蒙特先生激動的背。

蒙特先生猛搖頭，隨即發瘋似用頭撞地。

「他砍下瑪麗的頭！將她的頭提在手中！提在手中！」蒙特先生痛苦大叫。

這麼純樸的小鎮竟然發生這種變態命案，大家義憤填膺地填滿子彈，吆喝衝上。

夜晚的玉米田充滿了陰暗的死角，一望無際的作物遮擋了凶手的行蹤。眾人魚貫衝進後，一時之間不知道該怎麼搜起。

「大家往兩邊分散開來，兩個兩個一組互相照應，等最末端的人碰頭後，大家一起慢慢往前，將殺人凶手圍在中心。」連續擔任三屆警長的威金斯先生迅速下達指示，大家聽命散開。

像捕魚張網，三十幾柄拉開保險的獵槍壓低身形前進，每個人都能聽見身旁拍檔的心跳聲。

但善於奔跑的赤裸凶手，此時卻像隱形的甲蟲，一點動靜也沒有。

溫柔的風吹動鮮綠的玉米莖葉，幾乎就要驚動手指扣下扳機。田鼠從鞋子上急竄溜過，引發許多以上帝爲名的咒罵聲。穿戴寬大草帽的稻草人居高臨下，揶揄著眾人的過度緊張。

任何風吹草動，都像惡意的鬼影。

終於，散開的眾人形成一個由槍管構成的圓，慢慢往內壓進。

隨著搜索的圓越縮越小，眾人的神經也越來越緊繃，卻什麼屁都沒有看見。

「不是吧……」威金斯警長忍不住懷疑殺人凶手是不是早就從空隙中逃出玉米田。

一有這個念頭，威金斯警長身邊的五金店老闆阿雷先生，突然一個極不自然地滑倒。

一個披著紅色油光的無毛野獸，雙手抓著阿雷先生的腳，一陣亂七八糟地狂扭。遭襲的阿雷先生連聲音都叫不出來，因爲那野獸騰了一隻手出來，狠狠掐住他的頸子。

「在這裡！」威金斯警長大驚，壓低來福槍，往野獸那方扣下扳機。

野獸肩頭中槍，卻沒有被痛楚嚇退，反而狂猛地躍上，抓住來福槍往上一抬。

第二槍往月亮直直響去。

威金斯警長看著天空，星光顛倒暈眩。

一股可怕的怪力死錮著威金斯警長的脖子，將氧氣的入口狠狠鉗斷，他的意識正快速流失。野獸高高舉起威金斯警長，驕傲展示自己的獵物似地。

「碰！」

一顆支援的子彈命中野獸的腿，但野獸毫無罷手之意，反而獰笑朝玉米田的外圍走去，手中依然高高舉著雙腳亂踢的警長。

一眨眼，野獸的身邊全是正對他的三十幾柄槍枝。

「別動！」

「停手！放下警長！」

「阿雷！阿雷死了嗎？誰快去看看！」

「沒事，只是昏過去！」

「別動！殺人凶手！」

「不准動！再動我一定會開槍！」

渾身染血的野獸被這麼多支槍合圍，眼看絕對無法逃出去了。

此時牧師緩緩放下槍，無法置信道：「這……這是……」

別克校長也傻眼了：「是麥克醫生？你是麥克醫生？」

所有人都傻了。

殺死瑪麗的變態殺人犯，竟然是亟欲角逐下任鎮長的麥克醫生！

「什麼麥克醫生？嘻嘻，我啊，可是大名鼎鼎的……鐵腕碎石機！」

野獸哈哈大笑，下身陽具忽然沖漲，高高朝天挺起。

被舉起的警長，雙腳就快要停止抽動了。

此時大家都注意到，野獸用長長的金黃頭髮環腰綁上一顆腦袋，正是年僅十五歲的瑪麗。瑪麗的臉孔表情，浮現出任何人都無法想像的「痛」。

「我的女兒！」蒙特先生憤怒大吼，舉槍就要往麥克醫生的身上轟去。

「別衝動！小心射到警長！」牧師大叫。

蒙特先生尚未扣下扳機，一道猴影從稻草人身上高高躍落，翻黏在麥克醫生的背上。

那猴影的手腳當真快得不可思議，只見他躲開麥克醫生血紅的左手撲抓，跳到他的脖子上，兩手手指毫不猶豫插進麥克醫生的眼窩，毛骨悚然的啪滋啪滋兩聲，威金斯警長就軟軟摔在地上。

猴影嘻嘻哈哈跳下，兩股熱血從麥克醫生空洞的眼窩中澆灌而出。

「爸！給你！」

猴影將兩顆濕淋淋的眼球塞在牧師手中，竟是喬洛斯。

！

眾人還來不及反應，喬洛斯便跳向痛到狂吼咆哮的麥克醫生旁，一舉扯下纏在他腰間的瑪麗人頭。

「站住！」

麥克醫生大手往下奮抓，當然撈不住一陣風似的喬洛斯，讓他搶走自己的戰利品跑了。

「瑪麗！瑪麗！瑪麗！來玩吧瑪麗！高高飛起來囉，飛起來囉，死人頭瑪麗！好好笑的死人頭瑪麗！」喬洛斯將瑪麗的頭高高拋著，拋著，高高拋著。

這個囂張的臭小鬼越跑越遠，瑪麗的死人頭也越拋越高，在玉米田的頂端與月光共舞著。

太古怪了，實在是太古怪了，喬洛斯玩弄可怕的死人頭這個行爲遠遠超出眾人理解的範圍，眼睜睜看著他跑離眾人的視線，就連死者的父親蒙特先生，也突然失去阻止喬洛斯的能力。

焦點只好回到，雙眼被慘然挖出的麥克醫生身上。

渾身染滿鮮血的他，是殺人的現行犯，每個人都親眼目睹他的瘋狂。

麥克醫生的陽具隨著眼窩大量失血而暫時下垂，他猛力拍著自己的大腦，時哭時笑，彷彿陷入了錯亂，大家都被他癲狂的失態給震懾住了，但可沒忘記繼續用槍指著他。

不一會兒，麥克醫生的陽具又惡形惡狀挺了起來，好像在嘲弄眾人的無能爲力。

「說！爲什麼殺死我的女兒！爲什麼！」蒙特先生哭吼，用槍口撞了麥克醫生的胸口。

「爲什麼？嘻嘻嘻嘻嘻嘻嘻嘻……」麥克醫生抽動身體，笑得歪七扭八。

蒙特先生怎麼忍受得住，一聲怒吼，往麥克醫生的大腿一槍射去。

子彈鑽進血肉，濕漉漉貫穿。

「說！爲什麼！」副警長大叫。

牧師趕緊按下蒙特先生的獵槍，生怕他衝動殺了麥克醫生，今晚的慘案就從此成了永遠的謎。

「開玩笑！我鐵腕碎石機扭斷誰的脖子，難道需要跟誰報備嗎！嘻嘻哈哈嘻嘻哈哈！」

月光下，麥克醫生兀自狂笑，突然兩手掐住自己的脖子，奮力一扭。

喞——

像徒手榨熟透的番茄般，麥克醫生粗肥的脖子猛然爆炸。

濃稠熱辣的鮮血飛濺到每個人錯愕的臉上。

「我看見了惡魔。你們知道嗎？那可是……真正的惡魔喔！」麥克醫生含糊不清地說。

然後空氣裡喀啦喀啦，冒出古怪的聲音。

圍觀的人不知不覺都放下了槍。

他們絕對無法相信他們所看見的，也無法說服不在場的人相信眼前的畫面。

麥克醫生的頭掉在地上，兩隻手交叉在空無一物的頸子上，血滴懸在十根手指上。

「上帝啊……」牧師閉上眼睛，在胸前畫了十字。

眾人默默無語，不約而同做著一樣的動作。

那是他們唯一的反射本能。

碰。

掛滿贅肉的赤裸身體趴搭一聲倒下。

結束。

也重新開始。

別克校長的雙腿，無法克制地發抖著。

10

威金斯警長的頸椎所受到的傷害，讓他必須在醫院躺上兩個星期。調查麥克醫生月夜殺人案件的差事，自然就落到了副警長夏奇爾的頭上。全鎮的人都很關注這案件的發展，關注到每戶人家都不停地談論。夏奇爾副警長自認力有未逮，於是請了頗具公信力的牧師協助調查。

瑪麗的陰道有精液反應，顯然麥克醫生在殺死瑪麗前性侵害了她。

麥克醫生平日是出了名的好好先生，爲什麼會犯下這種毀掉自己清譽的事？只是一時的失心瘋？還是圖謀已久的犯罪？如果是後者，難道麥克醫生眞心認爲自己可以不留下任何把柄、逃過法律的制裁？

如果要說逼姦不遂，爲免東窗事發，麥克醫生決定掐死奮力掙扎的瑪麗，不料用力過大，導致被害人的頭顱整個被扭下，未免也太沒有說服力。不過瑪麗的斷頭處血肉模糊，不見工具切割的痕跡，而是一團團遭強力拉扯的肌肉組織。

簡單說，就是稀巴爛。

話說回來，麥克醫生能徒手扭斷自己的頸子，自然也能不用任何工具就摘掉一個十五歲女孩的腦袋，目擊證人有三十四位，此事的眞實性不容懷疑。

那晚阿雷先生被直接抓倒在地上，腳踝遭麥克醫生一陣糟蹋扭折，他與威金斯警長幾乎在第一時間就被麥克醫生狂暴地捏昏，也能作爲麥克醫生凶器般握力的證人。

問題是，這份怪力竟來自一個中年發福，未曾認眞鍛鍊過肌肉的男人，怎麼可能擁有這種可怕的「握力」？不，這種等級的「握力」已經不是「握力」，而是一種「超級破壞力」。

夏奇爾副警長訪談了好幾個麥克醫生的鄰居或醫院常客，他們都說並沒有對麥克醫生的握力有什麼特殊印象，也從沒見過麥克醫生上過健身房。不過，麥克醫生倒是在每週五固定參加保齡球聯誼會。

「請問你記不記得，麥克醫生拿的是幾磅的保齡球？」夏奇爾副警長拿著筆記本。

「麥克總是用十一磅開球，偶爾用十磅收最邊邊的球。」幾個球友都是一樣的答案。

十一磅……這個重量對一個男人來說只是普通等級，鎭上多的是用十三磅或十五磅打球的人。

這幾天，副警長在社區圖書館裡翻閱了運動與醫療保健相關的書籍，並打了幾通電話詢問專家，某種程度解答了握力的疑惑。專家說，手臂握力跟牙齒咬合力的大小，都是天生決定的居多，兩者都是肌肉瞬間爆發力的關鍵指標。若想透過後天的鍛鍊達到強大的握力不是不可能，但效果並不理想，所以很多看起來手臂很強壯的肌肉男也只不過是力氣大而已，握力並不見得比一個普通身材的人要強。

在這個解釋下，麥克醫生的可怕握力必是天生的，而且在犯罪的當下，腎上腺分泌加速，爆發出來的力量更驚人，驚人到足以將人頭活生生扭斷——包括自己的那份。

然而夏奇爾副警長在酒吧喝酒時，酒保提供了一份威力盃腕力大賽的名次表，時間是去年跟前年的十月。

兩次比賽的參賽者大約都在二十幾名之譜，麥克醫生前年的名次是十七名，去年更退步到第二十一名，只贏得了參加獎印有酒店標記的毛巾。一共兩條。

難道是麥克醫生故意隱匿自己的腕力，好讓自己在將來犯案殺人的時候，不會有人懷疑到他的頭上來嗎？他一身赤裸從家裡出發，一路夜行到瑪麗家，攀樹而上闖進瑪麗的臥室，不讓任何衣物沾上血跡，也是他預謀犯罪的輔助證據之一。

「真的是非常奇怪的案子。」夏奇爾副警長整天嘆氣，就是重複這一句話。

至於牧師，比起調查麥克醫生不合理的腕力，他更在意麥克醫生跳脫常軌的瘋態。

麥克醫生臨死前那句：「我看見了惡魔。你們知道嗎？那可是……眞正的惡魔喔！」

一想起來就教人不寒而慄。

這一天早上的陽光很耀眼，牧師剛剛吃過豐盛的早餐，手持聖經漫步在小鎭街道。

天使與惡魔，一向都是相互辯證的存在。

篤信上帝的牧師，當然相信這個世界上有陰暗邪惡的力量存在，這股邪惡的力量一向以挑戰上帝權柄而樂。麥克醫生把自己的頭顱扯下之前說看見惡魔，是瘋得徹底呢，還是眞正目睹了惡魔？

中國人有句話說：「人之將死，其言也善。」

一個人決心要死了，說假話的可能很低，難道眞是惡魔作祟？

不，應該說，如果眞的是惡魔作祟，那麼一切一切都解釋得過去了。

只是即使身為神職人員，協助辦案的牧師還是不能這麼用聖經上的教義交代打發，但如果麥克醫生的精神失控與不正常的力量，是透過惡魔交易取得的，那麼，這件事是否應該上報給教會，甚至是梵蒂岡呢？

惡魔不會平白無故從地獄鑽出，來到這個平凡無奇的小鎮。

一念及此，沐浴在金黃陽光下的牧師，不禁打了個冷顫。

「牧師，可以跟你談談嗎？」

牧師轉身，看見別克校長一臉的肅穆。

別克校長的眼睛沒有停在牧師的身上，不斷看著街道兩旁有沒有人注意到他們的談話。

「校長，我們到教堂去談吧。」牧師微笑。

II

綠石鎮發生了可怕的凶案，人心不安，最近到教堂禱告的人變多了，至少有平時的三倍。

即使別克校長有難言之隱，在教堂與牧師談話，別人也不會覺得奇怪。

佈道台後，耶穌在十字架上擺出受難的姿態，以悲天憫人的眼神柔和了整間教堂。階梯座位上有幾個低頭禱告的男女，專注地融入靈的世界。牧師與別克校長在最角落的位置挨著彼此，低語交談。

「牧師，有件事我一想到就發毛，已經困擾我好幾天了。」別克校長開口。

「嗯，是從什麼時候開始的？」牧師的手按著聖經。

「從『那天晚上』開始，我就活在很大的痛苦裡，一想到我跟那件事的關聯，我就寢食難安。」別克校長雙掌摩擦，緩和心中的焦慮：「牧師，你能爲我守密嗎？」

「抱歉，這個案件非常重大，我必須說，如果你所說的事情牽扯到案情的……」

「放心好了，我絕對跟那個案件毫無犯罪上的關係，只是，無奈我碰巧知道一些皮毛罷了。」別克校長的表情很嚴肅，語氣更是斬釘截鐵。

「我們視情況而定吧，如果你能信任我的話。」

別克校長嘆了一口氣，像是下定決心。

其實他主動找牧師談這件事，心裡就打算將困擾自己的「資訊」和盤托出。

「牧師，我知道那個角色。」

「什麼角色？」

「鐵腕碎石機。」

牧師一愣。

「正確的名稱我已記不得了，總之，那是我小時候非常喜歡看的犯罪小說，故事說的是一個對白人地主心存不滿的黑奴，與撒旦交易後擁有非常可怕的腕力，他能握碎馬的腿骨，彎曲警長的槍，連石頭都無法在他的手中完整地保存下去，他的外號，好像就叫作鐵腕碎石機。」

「……麥克醫生自稱的，鐵腕碎石機？」

那可怕的一夜，麥克醫生大聲自稱鐵腕碎石機，牧師還以爲單純是麥克醫生對腕力的自豪。

「不過那個黑奴並不是個好人，他連自己的同胞也殺——事實上，他就是靠凌虐自己的同胞闖出名號的。」別克校長有點坐立難安。

「然後呢？」

「鐵腕碎石機靠著血腥暴力脅迫自己的黑奴同胞，組成一支小軍隊反抗白人地主，到處燒殺擄掠，有時到了晚上他更一個人脫離軍隊，脫光衣服潛進白人的家，一個房間又一個房間地強姦裡面的白人婦女，最後再一個個將屋子裡的人捏死——就跟麥克醫生殺死瑪麗與自己的方式一樣。」

竟然有這種巧合，牧師簡直無法置信。

「那麼，小說的結局你還記得嗎？」

「白人地主聯合起來，與鐵腕碎石機展開一場大戰，最後終於獲得勝利，解放了強迫與白人作戰的黑奴軍團，重新將那些黑奴納爲己用，成千上萬個黑奴無不歡天喜地。至於受傷被捕的鐵腕碎石機，白人地主將他作惡多端的兩隻手都給割了下來，然後用繩子套在一匹小馬與他的脖子之間，馬一跑，鐵腕碎石機的脖子就慢慢被扯斷。」別克校長毫無遲疑地描述細節：「當然，故事也就結束了。」

牧師看著別克校長。他將小說的結局記得眞清楚。

「如果那本小說是你小時候看的，年代一定非常久遠了，我完全沒有印象啊……」牧師皺眉，他自己也是個非常喜歡閱讀通俗小說的人，但這種詆毀黑人的俗爛小說……品味未免也太離譜。

「絕對不會有印象，在當時這本小說具有高度的意識形態，意識形態高到連白人自己也不捧場，所以賣得非常差，第一刷兩千本印完了便絕版，其中有泰半更被黑人團體燒掉。」

「嗯。」

「簡單說，那是一本名不見經傳的小說。」別克校長強調。

「總之你的意思是，會不會麥克醫生也看過那本名不見經傳的小說？所以才會用鐵腕碎石機稱呼自己？」

「……這，當然也是不無可能。」

「的確是一條線索，但這件事看來並不會困擾你，怎麼你會感到焦慮呢？」

牧師不解，如果麥克醫生是模仿小說裡的糟糕角色犯罪，也跟只是閱讀小說的別克校長沒有關係啊。

「牧師，我身為中學校長，是鎮上教育的重要人物，如果讓大家知道這種只有3K黨才會看的偏激小說我也看了，絕對會對自己的形象產生負面的影響。」眼神飄忽，別克校長侷促地說：「雖然那是我很小的時候發生的事，但我至今仍對當時錯誤的閱讀行為感到羞恥。」

「我了解了。」

聽牧師這麼說，別克校長看來鬆了口氣。

「別克校長，我會匿名你的消息來源，不過，請把那本書借給我參考。」

「那當然。」

「如果你還有什麼可以提供資訊，或是想起了什麼，歡迎你隨時找我談談。」

拉了拉領帶，別克校長緩緩起身。

牧師坐在位置上，咀嚼著剛剛的談話。

「牧師先生。」

「嗯？」

「身為上帝的僕役，你見過惡魔嗎？」

「……」

該怎麼回答這種問題？別克校長顯然不是在問「心魔」或「每個人的心裡都住了個惡魔」那種形而上的邪惡概念，而是針對「貨眞價實的、羊蹄蛇尾的惡魔」吧。

「牧師先生？」

「我相信上帝，當然也認為惡魔的確存在。」

別克校長嘆了一口氣，好像頗為失望：「是嗎？」

帶著更深沉的謊言，別克校長轉身離開了神聖的教堂。

這個世界上，根本沒有那本小說。

那本未完成的、白人至上的小說手稿，四平八穩，放在別克校長的保險箱裡，已五年又八個月。

而殘酷的結局，從來只有鎖在別克校長的腦袋裡。

陽光燦爛，別克校長卻感到一股惡寒。

「惡魔……」

I2

皎白色屋簷下掛著兩串貝殼風鈴，風兒輕輕拍撫，發出來自遠方大海的鈴動聲。

別緻的前庭花園，白色的、黃色的、紅色的花兒團簇其中，繽紛而井然有序，一眼就感受到主人的悉心照料。這裡一向歡迎鎮上每個人前來共進下午茶，在一壺英國茶的清香中交換鎮上任何甜蜜的話題。

只是鎮上發生了這麼可怕的事，甜蜜的話題自然沒有，但關於麥克醫生的八卦、與血腥那一夜的傳聞卻越來越多、越來越豐富、也越來越失真，成了所有人下午茶最熱門的點心。

「聽說警察在搜麥克醫生的家，發現了很多色情照片……」

「我也聽說了，好像都是麥克醫生自己拍的，據說啊……那個常常蹺課的麗卡也在裡面，動作可下流了！」

「真是骯髒啊，平常看起來風度翩翩的，私底下卻是一個不折不扣的禽獸呢。」

「真是難以想像，真的難以想像……」

「我不能說從哪裡聽來的，但據說那個很會打扮的安妮也是麥克醫生的受害者呢，還跟麥克醫生拍了很多褻瀆上帝的照片。她啊，哭哭啼啼要警察別說出去，但我們這個小鎮還有什麼祕密藏得住呢？」

「藏不住？麥克醫生要不是突然發瘋，誰會知道他平常私底下是這麼邪惡的人！」

略顯刺眼的陽光下，屋簷底，女士們穿著最雅緻的衣服，談論著最醜陋的話題。矛盾，但絲毫沒有不協調的感覺。

今天別克校長回到住屋，只是跟正在前庭下午茶的眾女士聊了幾句，便以祈禱爲由逕自進屋上樓。一派紳士的從容。

鎖上書房門，別克校長立刻打開保險箱。

拿出數百張稿紙的手還來不及顫抖，稿紙便摔落在地。

「……」愣了一下，別克校長不由自主癱坐在地上。

這個「鐵腕碎石機」的爛故事，根本就是他寫的。

一個黑人奴工率領自己的同胞反抗白人地主，表面上是凸顯黑人自主意識的故事。但這個黑人奴工卻奴役、控制、殘暴自己的同胞，在「起義」過程中反而使黑人同胞產生「寧願過回原來的生活」的被奴心態。

這個黑人奴工仗恃驚人的腕力作威作福，多次強暴無辜的白人婦女，終於在故事結尾被白人地主自組的民兵給槍殺。

故事的最後一頁，上千黑人奴隸們流下感動的淚水，爲自己終於可以回歸到白人地主下繼續以前的日子歡聲雷動。

這樣扭曲黑人、玩弄種族情感的故事劇情出版了，不管暢銷與否，如果被知道是出自一個中學校長之手，那麼別克校長一生清譽必毀於一旦，不管大家心裡是否支持他的種族歧視，至少在表面上，每個鎮民都會朝他吐口水、並投以不屑的眼光，好顯示自己穩穩站在道德正確的一方。到時候，校長這職位，自然也別想繼續幹下去。

是以這個「鐵腕碎石機」的故事完成了五年，稿子依舊還是稿子，依舊還是深鎖在保險箱裡。密碼自然只有他一個人知道。連妻子都以爲他這個丈夫夜晚在書房裡挑燈寫東西，是在寫學校教育相關的報告或期刊文章，一點也不知悉。

可以說，這是別克校長的自慰之作。

完稿後的五年多，深夜幾許，從保險箱裡拿出來反覆細讀，沾沾自喜，獨自享受那種龐大的、踐踏黑人種族意識的快感。只能說，身爲一個教育家，一個眾所尊敬的道德者，偷偷寫這種三流小說是無法抵抗的歡愉。

這種洩恨式的歡愉該從何說起呢？

當別克校長還只是別克的時候，他很喜歡一起上歷史課的金髮女孩。

兩人從來沒有交談過，沒有四眼相會過，只是一種很單純的、遠遠看著就可以產生生理反應的那種愛戀。甚至那金髮女孩也沒有看過別克一眼，因爲她擁有太多的追求者，幾乎同個年級的男生不管有沒有女朋友，都一定偷偷喜歡她。打賭能否約她出來看場電影或兜個風，是很多男孩子共同的記憶。

只是，那個美麗的金髮女孩沒有跟他一起長大。

她在高中畢業舞會前一晚，被人發現陳屍在學校女廁。全身瘀青血腫、下半身赤裸，陰部被利刃割得稀爛，這女孩生前慘遭性侵、毒打、受盡苦楚。

加害這金髮甜姊兒的凶手一直都沒有找到……就跟金髮女孩的頭一樣。

當年別克一直認定，凶手其實就是負責打掃學校的清潔工。

精準描述的話，應該說是一個面貌齷齪、氣味噁心、膚色令人憎厭的黑人清潔工。只是苦無證據。

別克本來就不對黑人抱持好感，一想到那種渾身臭氣的黑傢伙將他的心上人蹂躪的景象，別克就快發瘋。

跟別克抱持同樣想法的大有人在，因爲在凶案過後七個月，這名黑人清潔工在深夜校園裡遭到謀殺。致命傷位於頸部，深深的傷口劃破了氣管，鮮血從教室三樓一直噴拖到一樓雜物間，那名清潔工肯定是在驚慌失措中痛苦地失去生命。

凌亂的現場殘留打鬥痕跡與多人的鞋印，顯然是很多憤怒的男孩一起下的手。地上發黑的血跡寫著：「所有人都知道是你幹的！黑鬼！」然後附上三個K……即使在過去的歷史，那個城鎮也沒聽說過有3K黨的活動。擺明了犯罪嫁禍。此案草草收攤，行凶的「很多人」一個也沒有被逮到，像是當地警民共同的默契。

茶餘飯後，還有人大膽慶祝正義得售，警方在那種氛圍下進行案件調查自然不討人喜歡，說實話，反正整個城鎮的人都覺得第二件凶殺案是第一件凶殺案的正義，更沒有人爲那個被「消滅」的黑人清潔工傷心。

把兩件案子的邏輯想成：「第二件案子的發生是遲來的第一件案子的正義。」豈不好？豈不便宜？豈不人人點頭稱是？

儘管「凶手伏誅」，但別克從此更憎恨另一個膚色的存在。

另一個膚色不只是多餘，簡直就是令人作嘔。無奈別克所受的高等教育將他推向了受人尊敬的社會位置，而他也很寶貝這份尊敬，沒有人抗拒得了被尊敬的誘惑。

擔任中學的最高教育者，別克校長可以說是鎮上黑人居民最尊敬的幾個人之一。眞是太諷刺了。

人不發洩，就會變態。

別克校長要發洩，就只能在稿紙上將黑人大大方方塑造成犯罪的根源，白人是黑人存在的最大受害者，而唯有白人，才是黑人脫卻犯罪的救星。亂七八糟的爛故事，沒錯，但那又怎樣！

甚至，別克，不，別克校長還構想了第二個故事……

一陣帶著丁香花香氣的清風透進微開的窗戶，將地上的稿紙吹起兩、三頁。

此刻，別克校長竟有種毛骨悚然的感覺。

「究竟，是誰從這裡偷走的？」別克校長喃喃自語。

想像中，某個高明的小偷躡手躡腳探入了這白色豪宅，翻箱倒櫃，終於打開了保險箱，沒看見鈔票、珠寶，卻無意間看見了這個故事。

這個故事也沒有什麼，美國反正就是個言論自由的國家。

但配上別克校長的身分……嘿嘿，這個未出版的故事就是最好的勒索材料啦！

於是這個小偷偷走了故事，打算從別克校長身上海撈一筆。

不過，這小偷顯然將故事告訴了麥克醫生……接著麥克醫生就發狂了？

「……」別克瞬間白了十幾根頭髮。

只是等了幾天，都等不到恐嚇信。以上的推論也漏洞百出。

沒有什麼推論可以解釋麥克醫生的超級腕力。

難道眞的是惡魔？這個世界上眞有那種反上帝的東西？

那種不該存在的惡魔打開了保險箱，然後賦予了麥克醫生故事裡的能力？

別克校長痛苦地閉上眼睛，從懷中拿出刻工精緻的打火機。

13

今夜的星空很美。

屋頂被掀掉的馬克太太家，在牧師全力賠償下很快就架起了臨時的屋頂。

吊詭的是，馬克太太似乎覺得輕輕抬頭就可以看星星……好像也不錯，於是在二樓書房上方留下一大片沒有鋪好的屋頂，用玻璃嵌飾整齊，燦爛的星光就這麼流洩進房子。

在工程正式完成之前，馬克太太都可以考慮以後是不是維持這樣的裝潢。

說來真是諷刺。

那個連上帝都樂於詛咒的小魔星，將馬克太太的屋頂一把火燒掉，卻讓她享受到一邊喝剛煮好的熱可可，一邊欣賞星星的風味。

是，是的。

一點沒錯。

馬克太太承認自己不喜歡小孩子，尤其是像喬洛斯那種人人都討厭的小怪物。

跟馬克先生結婚三十二年了，馬克太太都沒能受孕，原本很期待有小孩子豐富他們夫妻倆家庭生活的熱情，久了，就漸漸轉變爲一種刻意的不在乎。

當然多少有點忿忿不平的情緒。當越來越多人問馬克太太，爲什麼不生幾個孩子時，馬克太太只好回答她喜歡清靜的生活，孩子只會打擾她原來與馬克先生清閒的人生步調。就在丈夫過世之後，馬克太太乾脆眞正討厭起那些天眞活潑的小鬼們。

記得那天，她遠遠看到正拖著一隻野貓尾巴大搖大擺唱歌的喬洛斯，她先是假裝沒看到，但後來實在受不了那野貓的慘叫聲，這算什麼啊？喬洛斯像是故意一樣，拖著野貓在她家門口走來走去，走來走去……

是人都無法忍受的。馬克太太只好從喬洛斯「所願」，從家裡拿出掃把就往喬洛斯身上一陣猛打，直到野貓被喬洛斯迴旋甩向噴水池爲止。

「你這個邪惡的壞東西！」那天，馬克太太是這麼咒罵的。

貓慘叫，一頭撞死。

「哇好好笑喔！一點都不痛！」喬洛斯嘻皮笑臉，東跳西竄，十下掃帚有九下都打了個空。喬洛斯遊刃有餘，居然還伸手往馬克太太的胸部用力抓了一大把。

這毫無教養的一抓，讓馬克太太又羞又怒，掃帚朝喬洛斯的臉上摔了下去。

但什麼也沒打中。能抓住野貓的喬洛斯的身手可不是蓋的刁鑽。

「我要把你的手打斷！」馬克太太幾乎發瘋。

「再見啦！等一下我要來燒妳家屋頂嘻嘻哈哈！」喬洛斯快跑逃走。

怒火攻心，馬克太太重重將掃帚摔在喬洛斯的背影上。

過了幾分鐘，大笑逃跑的喬洛斯卻繞了個彎，燒掉了她的屋頂。

接下來發生的事，全鎮的人都知道了。

「……」馬克太太喝了一口熱可可。又香又醇。

反正原來屋頂就有漏水的毛病，既然牧師願意賠償，說實話，馬克太太心底可是樂得很。自從馬克先生去年過世以後，屋頂的毛病就沒人修繕，要請人重新翻修又大費周章，委實不必。

現在可好，一勞永逸了。

將熱可可放在手邊桌上。馬克太太背貼著搖椅，翻著已經看了第四次的戰爭愛情小說《飄》。抬起頭，柔軟的星光蔓延在她的瞳孔裡。

「……願上帝快快讓那個小鬼下地獄吧。」馬克太太欣慰道。

！

突然，馬克太太手中厚厚的小說掉落。

一張不知道從哪蹦出來的臉，赫然貼著頭頂上的玻璃！

張大嘴巴，馬克太太本能地想發出尖叫聲，那張臉卻一眨眼消失了。

？

剛剛是一時眼花了嗎？馬克太太的心臟還在劇烈震跳。

有點熟悉的感覺，那張臉。

屏住氣息，馬克太太戒慎恐懼地凝視屋頂上的大玻璃，巍巍顫顫地，她從搖椅上慢慢站了起來，唯恐觸動了什麼似地。

咚！

一聲巨大的迸響，籠罩在馬克太太的頭頂上！

「呀！」馬克太太尖叫。

先是無數條蜘蛛網般的裂痕散在那大片玻璃上，一瞬間——匡啷！

玻璃暴碎，數百片如星星墜落。

一齊重重落在馬克太太身上的，還有一團獰笑的黑影！

全身被碎玻璃割傷，馬克太太還被這從天而降的一壓，壓得連蟋蟀般的聲音都叫不出來。肋骨想必斷了好幾根，胃裡的熱可可也立刻翻嘔出來。

那張恐怖的臉，那張正燒在自己瞳孔裡的臉。

這……這不是經營雜貨店的老肯尼的小兒子嗎！

怎麼……

馬克太太不斷冒出酸臭熱可可的嘴，被壓在身上的小肯尼一拳揍下。眼冒金星，老舊的牙齒立刻斷了四顆，卻無法不看見小肯尼那張扭曲的臉。

——只有「邪惡」才能形容的黑暗恐怖。

「請問，這裡是不是有人想要被幹？」

古怪又尖銳的腔調從小肯尼的喉嚨裡發出，不像是他正值青春期的粗聲。

同樣被碎玻璃割傷好幾處的小肯尼，表情像是在嘲笑，撕開馬克太太的衣服，啐了一口：「老女人，身材不怎麼樣嘛！哇操！奶頭好黑是怎樣！」說著，便將馬克太太的裙子也給撕破。

馬克太太腦子一片漆黑，完全無法接受正降臨在自己身上的命運。

比錯覺還可怕，馬克太太的兩條肥腿掛在小肯尼的肩膀上，努力意識到這姿勢的意義是什麼時，一瞬間，一條灼熱發燙的陰莖硬是插進了馬克太太乾燥的陰道裡。

你該知道，小肯尼才不過十五歲。

十五歲！

那種莫名其妙的屈辱比陰道的疼痛還要讓馬克太太發狂。

叩叩叩。

叩叩叩。

此時，馬克太太家的樓下有人敲門。

小肯尼不予理會，繼續幹他畜牲不如的事。

「馬克太太？」樓下傳來的聲音。

小肯尼一邊舌吻著馬克太太碎爛的嘴，一邊在她耳邊竊笑：「敢出聲的話，我就割斷妳的喉嚨。」下半身持續挺進衝撞。

叩叩叩。

馬克太太沾滿碎玻璃的身軀在小肯尼的蹂躪下，晃著，晃著。

叩叩叩。

「馬克太太，呵呵呵，我剛剛聽見妳家有奇怪的聲音，妳沒事吧？」樓下門外。

馬克太太流出眼淚，心中祈禱。

小肯尼彷彿沒有聽到似地，怪模怪樣伸舌頭舔著馬克太太的眼淚。

「嘿！我要進去了喔呵呵呵呵！」樓下門外的聲音。

這聲音有點陌生又有些熟悉，聽不出來是這附近哪一家的人。

擊碎玻璃的聲音。

一定是在樓下門邊的窗戶被打破。

咿咿啞啞的，然後是硬鞋底踩在碎玻璃上的叭噠聲。

馬克太太閉上眼睛，跟逐漸清晰的上帝對話。祈求著。

喀。

喀。

喀。

喀。

救星慢慢循階上樓了，但小肯尼的暴行卻沒有停止，到底他是膽大妄爲到了極點，還是愚蠢到接近無知的地步？

那腳步聲在書房外停了下來。

馬克太太睜開眼睛，充滿希望地看著站在門口邊的黑影——

巨大的黑影。

馬克太太有點狐疑，下體持續遭到衝撞中，她認出來了。

那巨大的黑影，是從小就長得比大人還要高的大胖子尤比。

空氣凝結了。

「……這是怎麼回事？」尤比全身上下，除了一雙鞋子外，什麼都沒穿。

他又深又沉的聲音，足足比十七歲的他還要年長二十歲以上。

「沒看到嗎？我正在搞她。」小肯尼隨便抬頭，看了大胖子尤比一眼。

馬克太太想發出求救的聲音，但血肉模糊的嘴卻只能虛弱地喘息。

大胖子尤比像塊石頭一樣，呆呆的，面無表情地站在門口。

什麼也沒做。

眼睜睜地，看著馬克太太在小肯尼蹂躪下越來越沒有尊嚴。

這……這是怎麼回事？

上個月在鎮上盛大舉行的農藝市集裡，身材魁梧的大胖子尤比幫很多農家搬東搬西的，每個人都很稱讚。現在束手旁觀，難道是被嚇傻了？

「呵呵呵呵，我……可以加入嗎？」大胖子尤比怯生生地說。

「隨你便。」小肯尼有點不耐煩。

大胖子尤比高興地、躡手躡腳地走了過來，全身興奮地顫抖。

一瞬間，馬克太太失禁了。

這到底是怎麼回事？

爲什麼她完全搞不懂正在發生的惡夢是什麼狀況？

嘿呦一聲，小肯尼將馬克太太粗魯地翻了過去，順勢摔了一巴掌在她的老屁股上。

大胖子尤比蹲了下來，他的動作讓馬克太太幾乎要窒息。

「如果過了今晚妳這老太婆還能活下來……告訴綠石鎮！大名鼎鼎的黑屌刺客來啦！哈哈哈哈！從現在起，所有的女人晚上睡覺都不用穿褲子、不用穿裙子啦！哈哈哈哈！」小肯尼用牛仔騎馬的姿勢擺動腰，吆喝著，猖狂地笑著。

「那我呢？」大胖子尤比有點吞吞吐吐地，卻又掩飾不住快樂的情緒。

「死胖子，你又有什麼名號？」小肯尼皺眉。

「……忘記穿衣服的黑魔鬼。」大胖子尤比有點害羞地撞擊馬克太太的嘴。

小肯尼忍不住哈哈大笑起來：「哈哈哈這是你臨時取的吧！」

大胖子尤比像是得到了鼓勵，也咧開嘴陪著笑了起來。

深夜裡，柔美的星光下。

惡魔眞正來到了綠石鎮。

沒有打算離去。

14

一案未平，一案又起。

麥克醫生扭斷瑪麗腦袋的性侵怪案還沒有新的進展，全鎮都瀰漫在詭異的謎團氣氛裡。

現在，鼻青臉腫的馬克太太又出現在豪斯醫院，聲淚俱下對從綠石鎮前來探視的副警長夏奇爾，訴說昨天夜裡遭到性侵的恐怖經歷。

「馬克太太，妳確定昨天晚上闖入妳家、性侵妳的凶手，是……」負責做筆錄的小警員尚恩，難以置信地停下筆：「小肯尼跟尤比？」

躺在病床上的馬克太太點點頭，眼淚又掉了下來。

被轉送到綠石鎮鄰市的豪斯醫院的時候，馬克太太身上的傷勢嚇了所有人一大跳。鼻骨斷裂，眼窩塌陷，頸子勒傷，七根肋骨斷裂，兩根手指被折斷，下體嚴重撕裂傷並大量出血。

除了取走性命外，凶手什麼都對馬克太太做了。

「妳親眼所見？」副警長夏奇爾皺眉：「那兩個孩子？」

「上帝昨晚不在我身邊……祂讓我被那兩個禽獸百般污辱……」馬克太太激動地說：「如果不是我親眼所見，我也不相信那兩個畜生！那兩個畜生會這麼糟蹋一個老人家！他們的眼神不是人！是魔鬼！我一定要他們付出代價！」

夏奇爾副警長與他的好跟班小警員尚恩，面面相覷。

「馬克太太，妳先休息吧。」副警長輕輕拍著馬克太太的手：「我們會逮捕那兩個孩子，將事情調查個水落石出。」

「根本不用調查！」馬克太太無視肋骨斷裂的痛楚，大聲哭道：「直接槍斃他們！我再也不想看到那兩個禽獸出現在我面前！看在正義的份上，直接斃了他們！」

在馬克太太歇斯底里的控訴聲中，夏奇爾與尚恩坐上漆了綠石鎮標誌的警車，滿懷疑竇地離開豪斯醫院。

臨走前，副警長特別叮囑負責照顧馬克太太的醫生，務必穩定馬克太太的情緒，任何時候馬克太太「重新想起了什麼」，隨時打電話到綠石鎮的警局。

從鄰市的豪斯醫院回到綠石鎮，至少要開一個小時的車。

「長官，剛剛馬克太太的筆錄……」尚恩握著方向盤，面色爲難：「黑屌刺客……忘記穿衣服的黑魔鬼……應該列爲正式記錄嗎？」

「……」副警長夏奇爾看著車窗外，嘆氣：「能怎樣？她說什麼就記什麼吧。」

「那逮捕跟偵訊小肯尼跟尤比的事，眞的要照做嗎？」尙恩瞥了副警長一眼。

「照做？」副警長苦惱地抓頭：「怎麼照做？」

「還是要豪斯那邊的醫生，將馬克太太的精神狀態寫個報告還是鑑定分析什麼的，確定馬克太太神智清醒，再把筆錄的內容定案？」尙恩絞盡腦汁。

他們並非懷疑馬克太太的指控。

而是完完全全不相信馬克太太所說的一切。

爲什麼不信？

當然不是因爲小肯尼與尤比都還未成年，也不是因爲這兩個警察「看著小肯尼跟尤比從小長大、相信善良如他們，絕不會做出這種事」，如此自由心證的理由。

而是因爲，昨天晚上他們正好就跟小肯尼與尤比在警察局裡通宵打牌，手氣很背的夏奇爾還輸了七百塊錢，打牌中間還熱了兩次披薩、四個人共喝了一打可樂，小肯尼連續拿了兩副同花順，一口氣反敗爲勝，將大家口袋裡的鈔票掏個精光。

小肯尼與尤比最佳的不在場證明，偏偏就是由這兩個負責做受害者筆錄的警察「提供」。正由於「嫌犯」百分之百的無辜，要對他們裝模作樣地偵訊，說什麼也辦不到啊！

看著窗外不斷後退的單調風景，副警長夏奇爾自我解釋道：「說起來，馬克太太受到嚴重驚訝，將從沒見過面的凶手誤認為見過幾次面的人，也不是不可能……不，是一定認錯了。」雙手一攤，一臉的無可奈何。

「也對。」尙恩附和道：「要是凶手是小肯尼跟尤比，怎麼會笨到放馬克太太一條生路、好讓馬克太太指認他們呢？豈不是自找麻煩。」

的確，凶手肯定不是馬克太太之前見過的人，否則犯下這種罪行，豈有不殺人滅口之理？這說到了另一個重點，另一個，比起幫小肯尼與尤比「洗脫罪嫌」更重要的案情重點。

「不過就算馬克太太認錯了人，凶手還是存在啊。闖進馬克太太家裡性侵她的凶手正逍遙法外，我們得想辦法逮捕他。」

「明白。」

夏奇爾副警長隨意翻著剛剛抄下的、馬克太太單方面的說詞記錄，說：「你想想，綠石鎮才多少人？才多大？一個陌生人來到綠石鎮，絕對不可能順利躲藏的，如果他夠聰明，性侵完馬克太太後就會穿上褲子走人，否則一定會被大家注意。」

「長官……」

「嗯？」

「這件事，我總覺得……有一點相當奇怪。」

「？」

「為什麼是馬克太太被性侵？」尚恩囁嚅。

「什麼意思？」夏奇爾很直接的反應。

尚恩吐吐舌頭，與副警長夏奇爾四目相接。

夏奇爾隨即會意過來。

「……也許凶手有精神上的毛病？」尚恩的語氣有點不自然。

「操，我怎麼知道。」

夏奇爾副警長闔上筆錄本，看著汽車上的時速表。

警長脖子扭傷還沒好，自己已按照程序，在馬克太太一案爆發後立即通報了綠石鎮附近的五個市鎮，包括豪斯醫院所在的藍燈市。

但如果凶手駕著車，頭也不回地離開這一帶，要再抓到的機率……

「讓我們祈禱，那個混帳還在我們鎮上的酒吧，不知死活地喝著威士忌吧。」

15

警車一回到綠石鎮鎮上，立刻受到居民的矚目。

「不曉得馬克太太現在怎麼樣了？應該沒事了吧？」琳恩阿嬸在屋簷下打著毛衣。

「等一會進警局跟夏奇爾喝杯茶，親自問問他吧？」摸著石膏腳的阿雷先生心想。

「我遠遠看見馬克太太被送進救護車，她那個樣子，慘咧。」史蒂芬先生正在卸貨。

「你聽說了吧？性侵馬克太太的好像不只一個人？」老肯尼抽著菸。

「可是今天沒看到什麼生面孔在鎮上走動啊。」半頭白髮的鮑爾也吞雲吐霧。

「願主保佑馬克太太。」別克校長在胸前劃了個十字，一邊走向警局。

畢竟是小鎮，謠言與八卦傳播的速度之驚人，早已將馬克太太遭性侵虐待的事情傳到每一個角落。當漆有綠石鎮標誌的小警車在警察局門前停妥，十幾個好事的居民不約而同放下手邊工作，慢慢走向警察局。

副警長夏奇爾跟尙恩當然不會搞「偵查不公開」那一套。

他們清楚得很，如果不快點公開向大家解釋昨晚小鎮究竟發生了什麼事，很快，謠言就會出現三個版本、七種說法、九個目擊者說詞……而且大家最樂於採信的，絕對不是正宗的筆錄資料，而是最荒腔走板的版本。

不過，在許多好奇又好事的居民走進警察局喝咖啡打聽案情之前，副警長夏奇爾得先應付現場鑑識人員的口頭報告。

基本上，由於多年來都沒有什麼案件，欠缺經驗的綠石鎭警察只是保存了犯罪現場，負責在馬克太太家採集「微證據」的鑑識人員另有其人，來自州警的更高單位。在夏奇爾與尙恩前往藍燈市爲馬克太太做筆錄的時候，專業的鑑識人員已經將幾枚可疑的指紋、幾塊沾有血跡的碎玻璃、疑似陰毛的毛髮統統蒐集起來，預定送往州警部的鑑識科檢驗。

「目前爲止還沒發現馬克太太家中的財物短少，至少，明擺在客廳抽屜裡的幾張百元美金鈔票，一張也沒給拿走。一只放在床頭的戒指也還在……不是什麼價値連城的東西，但好歹不是假貨。」鑑識人員自己倒了一杯咖啡：「雖然推論犯案動機不是我份內的事，不過，凶手的目的顯然不是搶劫啊。」

尙恩同意，看向副警長夏奇爾。

不過兩人的表情都有些古怪。

不是搶劫或行竊時、看到獨居屋主所臨時起意的性侵，那麼，凶手一開始的目的就眞的是性侵馬克太太？性侵……一個年華老去、皮膚皺得像風乾橘子皮、口中有一半假牙的老太太？

「指紋方面，過幾天比對才會有結果出來，碎玻璃上的血跡也是，依照現場亂七八糟的情況，我相信碎玻璃上面的血跡不會只有馬克太太的，一定也有凶手的血跡。」鑑識人員吹著熱咖啡上的白氣。

「嗯，我看過現場了，一團亂，慘不忍睹。」夏奇爾將剛剛製作好的筆錄扔在桌上，苦笑：「醫院那邊也從馬克太太受創的陰部採到了大量的精液，證據方面，很充足了，只是嫌犯方面……」

「有精液啊？那就太幸運……喔不……」鑑識人員這話一出口，立刻明白自己已失言了：「我不是那樣的意思。」

「那也得找到眞、正、的、嫌、犯，那些證據才有幫助啊。」尚恩插嘴。

談話間，許多聞風而至的居民已漸漸聚在警察局裡，就連警局外的草坪也擠滿了人。鎮上最具身分地位的牧師與別克校長當然也來了，大家都表現得憂心忡忡，幾個婦人甚至拿著手帕拭淚，表示對飽受折騰的馬克太太一些憐憫之意。

而遭到馬克太太指證的「兇手」小肯尼與尤比，竟也出現在看熱鬧的人群之列，他們倆一臉壓抑不住的好奇，完全不曉得自己已經在筆錄上佔了尷尬的一席之地。

「長官？」尚恩感到一陣躁熱。

「嗯。」夏奇爾整了整衣領，站了出來。

是時候了。

副警長夏奇爾清了清喉嚨，一本正經地向將他團團圍住的居民說明案情。

「我知道大家都很關注發生在馬克太太身上的悲劇，大家都是綠石鎮的好朋友、好鄰居，我也不打算向各位隱瞞任何訊息，但在那之前，我必須先說明兩點，第一，馬克太太沒有生命危險，現在正躺在藍燈市的豪斯醫院靜養，我們一起爲馬克太太祈禱。」

幾十個人一起低頭，在胸前劃上十字。

「第二，馬克太太遭到兇手非常嚴重的傷害，也許……不，是肯定，她被揍到神智不清了。」爲了降低等一下肯定會發生的尷尬氣氛，夏奇爾先用這番言論替群眾打了個預防針：「總而言之，我們會等到馬克太太完全恢復後，再對她今天所作的筆錄進行進一步的修正。」

大家有點鼓譟。

到底在囉哩叭唆什麼啊……牧師皺眉，忍不住出口：「夏奇爾？」

夏奇爾尷尬地又清了清喉嚨，用沉緩的語氣說道：「馬克太太說，昨晚涉嫌侵入她家，並且強暴她、傷害她的凶手，一共有兩個人。這兩個人就在你們之中。」

居民一陣譁然。

「是誰？」

「究竟是誰這麼大膽？」

「是誰！」

「快點宣佈是哪兩個人！」

「到底是誰！快點指他出來！」

「在我們之間？你是說綠石鎮的居民？！」

這個反應當然在意料之中，夏奇爾副警長舉起雙手，示意大家安靜下來。

「大家稍安勿躁。」夏奇爾聳聳肩，慎重其事地說：「這兩人，就是老肯尼的獨子小肯尼，還有站在這裡的年輕大個子尤比……是的，尤比，聽著，你先別那麼震驚。」

只見尤比張大嘴巴，恍遭雷擊，完全說不出話來。

另一個遭到指控的小肯尼滿臉通紅，直接大嚷：「天殺的！胡扯！」

所有人都嚷嚷了起來，不約而同將小肯尼與尤比旁邊的空間讓了出來，古怪的視線層層壓上，讓這兩個被指控強暴馬克太太的畜生猶如脫光光站在雪地裡，直打哆嗦。

開雜貨店的老肯尼更是後退了兩步，難以置信地看著他兒子，全身顫抖。那些質疑、鄙視他兒子的數十隻眼睛，好像也同時打量著他。

鼓譟的聲音越來越大，甚至有人捲起了袖子，怒氣騰騰準備開揍。

突然尤比一聲淒厲的慘叫，整個身子彎曲了起來。

鼓譟的聲音瞬間靜止。

「哈哈！處罰時間！踢你的雞雞！」

原來是來自喬洛斯的偷襲，他鬼叫鬼叫，還趁著尤比不敢反擊多踢了他屁股一下。

「喬洛斯！」牧師鐵青著臉，伸手想將喬洛斯捉住。

但全世界最難搞的小孩莫過於喬洛斯，怎會那麼輕易就逮？當然是一邊尖叫一邊從眾人的褲襠下鑽出了人群，一下子就溜到遠處，勝利式大叫：「嘻嘻！哈哈！尤比的小雞雞爆炸了！尤比的小雞雞被我踢爆炸啦！」

尤比跪在地上，雙手摀著褲襠中間，痛到眼淚都流不出來。

喬洛斯這亂七八糟一鬧，將氣氛搞得超怪。

才十五歲的小肯尼將帽子用力摔在地上，紅著脖子大叫：「我要跟馬克太太那老女人當面對質！」

這一怒吼，眾人才又回過神來。

尤比冒著冷汗，痛苦異常地說：「……我……我發誓……我……」

「慢著慢著……大家都慢著，小肯尼，尤比，我說過了馬克太太的精神還不穩定，任誰看到馬克太太說話的樣子，都會知道她有些歇斯底里，豪斯醫院的醫生已開了鎮定劑給她。」夏奇爾副警長的眼睛看向尚恩。

尚恩趕緊點頭，猛說：「沒錯，是我親眼所見。」

說到了重點，夏奇爾副警長加大嗓子：「除了馬克太太的精神狀況有問題，更重要的是，我有非常充分的證據可以告訴大家，小肯尼跟尤比，這兩位被指控的……的……嫌疑犯……」

緩緩地，有一隻手從人群中舉了起來，打斷了副警長夏奇爾的發言。

是拄著拐杖也硬要來湊熱鬧的阿雷先生。

「也許不是適當的時機，不過……我有話要說。」阿雷先生高舉著手。

眾居民轉頭，看著站在人群尾巴的他。

「大家都知道，我的腳在前一陣子受傷骨折了，上了石膏，很多活都沒辦法一個人幹。」阿雷先生朗聲說：「尤比那小子，昨天晚上一整夜都在我家院子裡幫忙整理花圃，還跟我一起砌了新的矮磚牆，天亮的時候還乾脆跟我一起躺在花圃旁的搖椅上睡著了啊。」

副警長夏奇爾瞪大眼睛。

尚恩的腦子也一片空白。

就連跪在地上滿身大汗的尤比，那表情像是睪丸又被重重踢了第二下。

阿雷先生激動地說：「尤比那善良的好小子，哪來的時間去傷害馬克太太！」

16

此話從阿雷先生口中一出，全場頓時鴉雀無聲。

「阿雷，我知道尤比那小子跟你的私交不錯，但你這樣爲他開脫……」副警長夏奇爾面有難色地說：「所有的發言之後我們都會記錄下來，若你只是爲了……這裡這麼多人都聽到了，將來若變成正式記錄，恐怕會有僞證的麻煩。」

僞證？阿雷漲紅著臉正要繼續辯解時，底下人群，又有一隻手巍巍顫顫舉了起來。

眾人目光瞬間聚焦，是在鎮公所上班的老課員鮑爾。

「沒錯阿雷，這件事你就別蹚渾水了。」

老氣橫秋的鮑爾轉過身，對著竊竊私語不斷的大夥兒大聲說：「以耶穌之名，昨天晚上，我，尤比跟小肯尼，還有……」

此時，鮑爾的眼睛瞪著副警長夏奇爾，頓了頓，這才沒好氣地說：「還有你，夏奇爾，我們一起到湖邊釣魚釣到天亮啊，那兩個孩子釣了一籃子的魚，哪來的時間侵犯馬克太太？」

鮑爾的眼神，像是在責怪夏奇爾副警長不夠意思。

夏奇爾的臉色倒是更加難看。他不明白，爲什麼鮑爾要來這麼一手？

而尙恩看著站在一旁的夏奇爾，也是同樣的滿臉不解。

「鮑爾，你少在那裡胡言亂語！」阿雷先生粗著嗓子。

「事實勝於雄辯。」鮑爾雙手扠腰：「不然我家冰箱裡那些魚是怎麼來的？尤比，小肯尼，你們別怕，沒做過的事就沒做，做過的事就是做過，有我幫你們撐腰！」

小肯尼與尤比呆呆看著亂入的鮑爾，又看向氣急敗壞的阿雷先生。

「喂喂，鮑爾……你在說什麼你知道嗎？」夏奇爾目光灼灼瞪著鮑爾。

「你也分到了魚，怎麼？你想否認？」鮑爾瞪了回去。

「誰跟你去釣魚？夏奇爾長官昨天晚上跟我打牌，你不要隨便在大家面前亂講話啊。」尙恩逮到維護長官的機會，也硬插了這麼一句。

「沒錯，原本我想把事實留待之後再進行說明，但你們一直公然胡說八道……聽好了，昨天晚上尙恩跟我，小肯尼跟尤比，四個人打了通宵的牌。」到了此時，副警長夏奇爾也只好全盤托出：「於理，小肯尼跟尤比的確不可能是侵犯馬克太太的凶手，但你們如果這樣瞎攪和地亂幫手，筆錄一亂，反而會害了這兩個年輕人，我這樣說，全聽懂了嗎？」

阿雷先生往地上啐了一口痰，似乎很不服氣。

在鮑爾打算繼續辯駁之際，又有一個女孩從眾人中舉手，轉身站了出來。是透娜，珍妮佛．透娜，目前就讀綠石中學九年級。雖然戴著厚重的大眼鏡，鼻子上有一抹深褐色的雀斑，卻是個沉浸在甜美戀愛裡的小女孩。

眾人望向她。

「對不起……」透娜咬著牙，低著頭，像是好不容易鼓起了勇氣。

「雖然你們都很努力幫小肯尼說話，我也不知道你們爲什麼要那麼做，但……昨天晚上……小肯尼跟我，正在……」才說到這裡，關鍵字一個都沒說出，透娜的勇氣就已經用罄。

滿臉通紅的她看向小肯尼，小肯尼卻不知所措地抓著頭髮。

「正在做什麼?我們釣魚的時候妳又沒跟。」鮑爾倒是不客氣。

「透娜……」夏奇爾皺眉。

「我們在約會！」透娜將臉低下，一鼓作氣喊了出來：「小肯尼跟我一整個晚上都在約會!所以他絕對不可能是犯人！」

這幾句話，此時此刻聽在大家的耳中，不過是戀愛少女對男友的袒護。

但副警長夏奇爾卻越來越頭痛了……怎麼搞的，光是要應付阿雷先生跟鮑爾熱心提供的「嫌犯之不在場證明」，已經夠讓人頭大，現在又多出一個少女當眾的戀愛自白？

話又說回來，這眞是可笑，明明「嫌犯之不在場證明」是最珍貴的、也是最重要的無罪證據，怎麼現在變得這麼廉價？千眞萬確小肯尼跟尤比昨晚跟自己打了通宵的牌，爲什麼大家都爭先恐後要爲這兩個年輕人脫罪？

怪異的是，原本該在這種激動的爭辯下跟著情緒沸騰的群眾，竟然沒有喧嚷起來。

取而代之的，許多人的臉上都顯得異常凝重，與古怪……

至於被眾目光鞭笞的小肯尼早就將頭髮抓亂了，內心洶湧不已。

他覺得很冤枉，冤枉到想大吼大叫，卻又矛盾地充滿了暴躁的恐懼。

打牌？釣魚？約會？

每一件事聽起來都很合理，但又統統是放屁！

首先，他非常討厭警察，副警長夏奇爾也不例外，平常連正眼都不想看夏奇爾一眼，更遑論跟夏奇爾打牌。

第二，他很不喜歡黏黏的東西，聽說釣魚要用鉤子穿過蚯蚓軟軟的身體做餌，他一想到就想吐，根本不可能跟完全沒話聊的鮑爾先生去釣魚。

至於約會……天，並非小肯尼不喜歡透娜，而是他與透娜平日在學校的互動就只有「請」、「謝謝」、「借過」這三句話的關係，就連上課的分組報告都沒有一起過。哪來的約會？他連透娜喜歡自己都沒有感覺。

既然都不可能，關於昨天晚上他做了什麼事，才十五歲的小肯尼自己一點印象也沒有。他早早就睡了，什麼也沒幹，醒來的時候倒是一身的疲倦與困頓……不過，當他下床的那一瞬間倒是痛得叫了出來，這才注意到他的腳底板扎滿了玻璃渣渣。

玻璃渣渣？哪來的玻璃渣渣？

原本只是困惑，可現在一想起來，小肯尼感到一陣頭暈目眩。

夢遊？有可能是夢遊嗎？以前從沒聽家人說過自己有夢遊體質啊？

好，即便自己夢遊了，難道，自己有可能做出侵害馬克太太那種讓人性慾全無的老女人的事嗎？拜託，那種皺巴巴的老女人脫光光站在面前，絕對是一件很恐怖絕倫的事，哪還有機會勃起！

刺進腳底板上的玻璃渣渣，只是夢遊過程中遇上了倒楣的事，絕對！絕對！

只是……小肯尼緊緊握著快要抽筋的拳頭，聽著那些大人東一句西一句爲自己爭相脫罪，選其中一個說法承認也不是，一一反駁又很奇怪。腳底的隱隱刺痛彷彿越來越明顯，冷汗從每一個毛細孔滲了出來。

至於另一個遭指控的大胖子尤比，睪丸還是爆炸性地痛。不過他的頭更痛。這個素無心機的大個子昨天晚上也是早早上床睡覺，也一如往常用大字形的姿勢一覺到天亮。要說他記得做過什麼事？一點都沒有印象。

就連夢……就連夢……也不記得作過什麼夢。

幫忙阿雷先生整理花圃到天亮？尤比希望自己的確做過，可惜腦子一片空白。

至於跟副警長一起熬夜打牌……笨笨的尤比根本不會打牌！

但不會打牌這件事，現在應該說出來嗎？副警長既然這麼維護，自己要是公然否認，豈不是自討苦吃？尤比再蠢，到了這種時候也緊緊將嘴閉住。

「小肯尼！你說！」尚恩對著小肯尼大叫：「說你昨晚怎麼贏光我們的錢！」

「你們兩個不要呆呆的不說話，釣魚就釣魚，沒什麼不好說的！」鮑爾嚷嚷。

「我們在約會，肯尼，你不要讓我一個人說這種事……」透娜簡直快哭了。

「尤比，你說話啊！」阿雷先生跺腳。

「夏奇爾，釣魚你也有份！」鮑爾大聲補充。

正當阿雷先生、鮑爾先生、夏奇爾與尚恩，乃至女孩透娜各執一詞激辯不已時，兩個嫌疑犯卻沒有表示任何立場，讓這一場辯論更加的混亂。

圍觀的群眾有的越看越奇怪，有的卻越看越心驚。

素以綠石鎮良心權威自栩的別克校長，終於忍不住了。

「不管怎麼說，有一件事是確定的。」別克校長嚴肅地說：「不管你們之間哪一個說法成立，都足以證明小肯尼與尤比是無辜的。」

是的，這個說法在場每個人都同意。

但同意歸同意，不能理解的是，別克校長一邊說，一邊將領帶鬆了開來，還一臉鎮定地逐一解開襯衫上的鈕釦。

「馬克太太神智不清，一時認錯了凶手，也是十分合乎情理的。」別克校長邊說，一邊將襯衫整件脫下來，上半身只剩下一件白色泛黃的內衣。

眾人面面相覷，參不透別克校長此舉有什麼特殊的意義。

「縱使指認有誤，但馬克太太昨天晚上的的確確受到了禽獸凶手的傷害，這一件事，也是千眞萬確。」別克校長繼續將僅剩的白色內衣脫下，卻又義正詞嚴：「我們不能在馬克太太的錯亂囈語中打轉，眞凶還逍遙法外，一定要抓到！」

這也沒說錯，只是……

礙於別克校長一貫的威嚴，在場幾十個人竟沒有人有勇氣，當第一個阻止別克校長莫名其妙脫衣服舉動的人。倒是幾個婦人實在看不下去別克校長赤裸著鬆垮垮的上身，只能將視線撇了開來。

夏奇爾擦了擦額上的汗水，說：「說到眞凶，馬克太太倒是說了兩個名字。」

一直在人群中靜靜觀察一切的牧師，終於發言：「哪兩個名字？」

別克校長緊皺眉頭，不急不徐將皮帶鬆開：「這麼重要的事，怎麼拖到現在才說？究竟馬克太太說了哪兩個名字？」

天啊，這老古板知不知道自己在做什麼？尙恩趕緊拿出記事本，交給夏奇爾。

「馬克太太說，這兩個凶手一個自稱是黑屌刺客，另一個……」汗越流越多的夏奇爾照著記錄上的字句唸：「另一個，自稱是忘記穿衣服的黑魔鬼。」

別克校長瞪大了眼，抽出皮帶，褲子整個摔了下去。

眾人被別克校長摔下去的褲子重重一震。

而別克校長的心中，再度颳起了深黑色的狂風暴雨……

17

想之當然的，別克校長的祈禱並沒有應驗。

隔天一早，總是鎮上第一個起床除草的阿雷先生，發現一絲不掛的安妮躺在他家門前的草坪上。

安妮是綠石鎮上數一數二的漂亮女孩，許多男孩子都熱烈追求過她，可惜先前被麥克醫生拍下一系列不堪入目的裸照事件在麥克醫生死後意外曝光，對她造成很大的打擊。鎮民有好幾天都沒看見安妮出現在公開場合，顯見安妮還沒調適好自己面對鎮民的心情。

但現在，昏迷的安妮被打得鼻青臉腫，全身上下都被咬得傷痕累累，下體紅腫流血。

大驚失色的阿雷先生趕緊將安妮抱到警局，讓睡眼惺忪的夏奇爾與尚恩用最快的速度送到鄰郡的豪斯醫院。安妮的情況雖然慘不忍睹，但沒有生命危險，在醫生與護士進行緊急救護後三個小時終於甦醒。

全身被裹在白色繃帶裡的安妮一醒，一看到站在床邊的夏奇爾與尚恩就尖叫不斷，神色驚慌，拚命掙扎地想拔掉插在身上的點滴管子摔下床逃走，最後終於在眾人的強行壓制下無力逃跑，只好崩潰又昏了過去。

「怎麼辦？」護士緊張地看著醫生。

「能怎麼辦？誰都看得出來病人受創太深，我當然不建議在她醒來後就問話，現階段還是讓病人好好休息比較重要吧。」醫生用警告的表情看著這兩位警察。

面面相覷的副警長夏奇爾與助手尚恩其實沒什麼選擇，在麥克醫生殺了人又離奇地扭斷自己的脖子後，鎮上又連續發生兩起恐怖的慘案，今早發現安妮的阿雷先生是個大嘴巴，現在在鎮上的大家一定沸沸揚揚傳著各種版本的謠言。而所謂的真相，又安安穩穩躺在安妮的嘴巴裡，哪可能等安妮好好休息呢？

他們只好耐心地等待安妮再一次醒來。

兩個小時後，安妮悠悠醒轉。

可安妮一見到急切走過來的夏奇爾與尚恩，立刻又歇斯底里地怪聲怪叫，一下子嚎啕大哭，一下子轉頭嘔吐，最後是筋疲力竭地啜泣。

這一次夏奇爾總算是聽清楚安妮剛剛在亂吼些什麼。

「黑屌刺客？」夏奇爾副警長迷惘地看著安妮。

問。

「……黑魔鬼？」尚恩也呆住了。

又是這兩個名字？那兩個超誇張的強暴犯果然還在鎮上？

「安妮，妳冷靜點，那兩個強暴犯是外來的人嗎？還是鎮民？」夏奇爾焦急地

沒想到安妮又開始尖叫：「不要過來！不要過來！」

在一旁的醫生想開口，卻被尚恩一把抓住制止。

「安妮！傷害妳的人到底是誰！」夏奇爾提高音量。

「是你！是你！就是你！」安妮的尖叫聲已到了撕破耳膜的程度。

「我？安妮，妳在說什麼啊？」夏奇爾這下可傻了。

「安妮？這到底……」尚恩也傻眼了。

「你就是黑屌刺客！你就是黑魔鬼！傷害我的人——就——是——你！你！」

安妮這一叫，馬上又昏死了過去。

這下可好，醫生與護士以非常強勢的態度逼夏奇爾與尚恩滾出病房，喝令他們務必等安妮精神穩定後才可以進行筆錄，否則就要請醫院的警衛將他們押出去。

醫院的走廊上。

充滿疑惑的夏奇爾與尙恩久久不發一語，只能用古怪的眼神彼此交會。

剛剛安妮在吼黑屌刺客的時候，眼睛是灼熱地看著夏奇爾，而在吼黑魔鬼的時候，眼睛是憤怒瞪著尙恩，彷彿眼前這兩個警察就是凶手似地。

「總之，殘留在安妮陰道裡的精液也採集完畢了，很快就知道跟性侵馬克太太的凶手是不是同一個人……或同兩個人。」夏奇爾聳聳肩，也只能這麼說。

「但她剛剛看我們的那種眼神，好像眞有什麼深仇大恨一樣？」尙恩皺眉，下意識哆嗦了一下：「讓我很不舒服。」

「我也有相同的感覺。」夏奇爾承認：「被當作是凶手……就算是誤認，也讓我很不自在。不過算了吧，很明顯就是安妮的精神不穩定，我們明天再來看她好了。」

暫時也只能這樣了。

「長官，你覺得……我們應該將目前的進度報告威金斯警長嗎？」尙恩小心翼翼地問。

「不想也得這麼做啊，坦白說，這兩個案子已經超出我的思考能力了。」夏奇爾嘆氣：「或許很快就有更上層的聯邦警察會接手我們鎭上的案子，也不一定。」

不，不是不一定。

上層接手是勢在必行，只是時間問題。

18

臨走前他們打算順道過去探望一下位於同一樓層的馬克太太，再回到綠石鎮。

一進到病房，在昨天還是一副慘不忍睹的馬克太太倒是精神奕奕地坐在病床上，用燦爛的笑容招待著副警長夏奇爾與尚恩，令他們大感意外。

「嗨。」馬克太太的笑容燦爛到幾乎要發光了。

「妳的氣色眞好。」夏奇爾回以笑容。

「還喜歡我的作品嗎？」馬克太太的聲音聽起來非常愉悅，有一種說不出來的古怪。

「……？」夏奇爾撇頭看了一下尚恩，尚恩搖搖頭：「作品？」

「鎭上發生了很多有趣的事呢。」馬克太太笑笑。笑得，渾然不像前天晚上才被性侵痛毆的老婦人。

「有趣的事？」尚恩訝然。

馬克太太咧開缺牙的嘴，繼續笑道：「是啊，不過這只是一開始喔。還有更有趣的在後頭。」

「什麼更有趣的事？」夏奇爾感覺到一絲詭異。

忽然，馬克太太用力坐直了身子，臉上的笑容也瞬間僵硬成石膏般。

病房裡的氣氛就在剛剛那一刻急轉直下，令夏奇爾與尚恩寒毛直豎。

「夏奇爾，雖然你已經有了家室，但你除了一個你我都不想在現場討論的小祕密之外，你還偷偷暗戀安妮很久了。」馬克太太用沒有感情的聲音，對著目瞪口呆的夏奇爾說：「喔不，不是暗戀，是想上安妮很久了。」

「尚恩，你曾經藉著公權力之便，暗中惡整想追安妮的男孩們。」馬克太太繼續她機械化的怪腔調：「瞧瞧你這個壞胚子，竟然可以勉強自己當警察，眞是太浪費了你的本性。」

尚恩焦急辯解：「妳……妳在胡說些什麼啊？」

馬克太太不爲所動：「所以，我讓你們得償所願了。昨天晚上你們都玩得很開心。」

很開心？昨天晚上？

「接下來是透娜，有嚴重戀大叔情結的她，很快就會得到一個她盼望已久的美好結局。」馬克太太的語調極爲平板，完全沒有抑揚頓挫，好像是錄音機似地繼續播放：「嘻嘻，哈哈。」

「透娜？妳在說什麼？」

夏奇爾大眼瞪著馬克太太，馬克太太的眼睛裡完全找不到一絲一毫屬於人類的靈魂。

那是深不見底的空洞。令人望之生寒。

「記住，透娜。」

馬克太太機械化說完，不再言語，一動也不動地看著前方。

不，是看著前方的一片虛無。

「？」夏奇爾戰戰兢兢走了過去。

「馬克太太？」尚恩也跟著走過去。

馬克太太持續一動也不動，連眼睛也是眨也不眨。

夏奇爾輕輕搖著馬克太太，低聲喚她。

可馬克太太的臉色卻慢慢不對勁，開始有些發紅，然後是發紫，而嘴唇也變白了。

怎麼回事？

尚恩很快就發現，馬克太太的胸口沒有起伏——天殺的！她沒有在呼吸！

「快！急救！」尚恩大叫，馬上將馬克太太僵直的身子壓倒，做起心肺復甦。

「這到底是……快！還有心跳！」夏奇爾副警長用力按著馬克太太的胸口，感受到她激烈的心跳。

「呼吸啊！」

「馬克太太！呼吸啊！」

不管這兩個警察怎麼加壓在馬克太太的胸口上，如何急救，馬克太太不呼吸就是不呼吸，就連尚恩用口對口人工呼吸術，硬將空氣吹入馬克太太的嘴中，她還是持續強硬的憋氣。

很快地，馬克太太的臉黑了。

心跳也停了。

夏奇爾與尚恩呆若木雞，只能看著自己把自己憋氣憋死的馬克太太。

這個世界上，竟然有人可以不需借助任何外力，不動聲色把自己給活活窒息？

這是……

夏奇爾不寒而慄。

這是，多麼邪惡的力量。

都市恐怖病。

登場。

19

一個時間過得特別慢的地方，越是風平浪靜。

綠石鎮，一個原本平靜得連時間都長了厚厚青苔的地方，在這兩個禮拜之內發生了劇變，逼令每戶人家在睡覺前都緊閉窗戶，把門上鎖。

男人將拿來打獵的長槍靠在床邊，女人則到孩子的房間裡陪著一起睡覺。

但，不是每個父母都有這種保護孩子的權利。

這幾天，痛失愛女瑪麗的蒙特夫婦夜夜以淚洗面。

「上帝啊……爲什麼祢對瑪麗如此殘忍？我不懂這是什麼樣的考驗……」

睡前，蒙特先生在床上緊緊懷抱著聖經。

一本，他已經無法再相信的聖經。

任何人都不會怪罪蒙特先生的脆弱，甚至是怨懟上帝的麻木不仁。

諷刺的是，此時此刻對傷心過度的蒙特夫婦來說，唯一的安慰竟然是最近發生在小鎮裡一連串可怕的悲劇，馬克太太被強姦毆打，安妮被強姦毆打，他們的厄運稍微讓蒙特太太覺得，原來自己不是唯一可憐的人。

然後昨天傍晚竟然又傳來馬克太太在醫院過世的消息，有那麼一瞬間，蒙特太太感覺到內心平靜。看來，只有眼淚最能慰藉眼淚。

蒙特先生在床上翻來覆去無法成眠，時而坐起，時而打開檯燈，直到發現自己手中機械式翻閱著聖經、眼睛卻呆滯地什麼也沒看，這才無奈地將檯燈給熄滅。

好幾個晚上蒙特先生都只能看著太陽升起，這才因過度疲倦而闔上眼皮，而今晚十之八九又會是相似的情況吧。

蒙特太太更不好過，每天晚上她都躺在瑪麗空蕩蕩的房間裡，抱著愛女最喜歡的布偶發呆了好久，她睡了又醒，醒了又睡，在深深淺淺的睡眠裡痛苦掙扎著。

對一個母親來說，如果能見到瑪麗變成的鬼魂回家是最奢侈的期待，但如果愛女無法變成鬼魂，至少也想夢一夢她……夢一夢她……

「爲什麼我夢不到妳呢？瑪麗……爲什麼就連作夢也盼不到妳回家呢……」

蒙特太太再度泣不成聲。

她恨自己無法在夢裡與愛女相會，她甚至怨恨自己完全無法作夢。

任何一個夢。任何。

在此之前她從來沒有想過這一點。不知打什麼時候開始，她就沒有任何作夢的記憶。從前的她非常容易作夢，早上的戀床貪睡，有一半都是爲了將剛剛的甜美夢境用想像力繼續延續下去。

是的，就是用想像力延續下去。

比如夢見與祕密情人偷偷在半夜的樹林裡私會，牽手漫步，但還沒接吻就被陽光給刺醒，蒙特太太就會閉上眼睛，仔細將剛剛夢到的畫面重新溫習一遍，然後在想像出來的假夢境裡繼續做完剛剛沒能做完的事，令那位俊帥的祕密情人用力將她擁入懷中，拚命地將嘴唇貼上，吻到她無法呼吸爲止。

當然了，除了接吻，蒙特太太偶爾也會想一些更加火熱的情節。

但這幾年來她就只是腦中一片空白地醒來，起床，刷牙，然後完全忘記這個世界上還有「作夢」這一回事。

比起來，沒有時間好好打掃家裡，最近沒有好看的電影，沒有跟大家一起上教堂做禮拜，沒有帶女兒一起到市中心廣場試幾件漂亮衣服，這些都是蒙特太太很介意的事。

至於沒有作夢呢？

老實說，要作夢做什麼呢？這也沒有什麼好在意的吧，其實也根本無從在意起。

直到愛女離去，一夢難求，蒙特太太才發現自己思念愛女的最卑微的權利也被剝奪，她才意識到作夢原來是這麼重要的自我療癒能力。

無法作夢，唯有躺在愛女床上，不斷想像著瑪麗那晚遭受到的殘暴對待，那自找的椎心之痛折磨著、凌遲著、鞭笞著蒙特太太，強烈的痛苦反倒讓無法保護愛女的她勉強有一點點贖罪的感覺。

那或許是無法夢見愛女的蒙特太太，跟瑪麗唯一的聯繫了吧。

不知道過了多久，肯定是保護機制，身體的疲累感先一步拖垮了蒙特太太的意識，令她不得不睡著。

20

或許是上帝的憐憫。

今晚，她終於進入了多年不曾觸及的夢境。

在線條模糊的夢裡，她看見自己正在廚房煎蛋，一下子是第一人稱的主觀視角，一下子卻是旁觀者的角度，唯一不變的是她知道自己正在準備家人的晚餐。

瑪麗出現了，她在客廳裡看電視看得很入神，偶爾才發出一點笑聲。

或許夢境的特色之一就是若即若離的不確定感，蒙特太太並沒有意識到瑪麗已經死了，她還是一如往常，在廚房大聲喚著瑪麗別光是看電視，該洗手幫忙將餐盤刀叉端上餐桌了，如果她願意一起弄點番茄玉米片沙拉的話，蒙特太太會很感激的。

縱使在夢中沒有意識到愛女已經離開人世，在這個很家庭的氛圍裡，蒙特太太還是感到沒有原因的悲傷。她看著心不甘情不願離開電視走進廚房幫忙的瑪麗，她忍不住悲從中來。

「媽咪別哭了，我這不是在幫忙了嗎？」瑪麗有點嚇壞了。

「乖，妳很聽話。媽媽不哭了喔。」蒙特太太擦掉眼淚，眼淚卻一直掉一直掉。

瑪麗一頭長長的金髮眞是好看。

「媽咪，妳到底怎麼了？」瑪麗緊張地問：「妳跟爸爸吵架了嗎？」

「沒有。媽咪跟爸爸很好，沒有吵架。」蒙特太太又哭又笑的。

「那是我做錯事了嗎？」

「妳很乖，很乖，媽媽只是看見妳很高興。」

「……」瑪麗有點猶豫：「眞的嗎？瑪麗眞的沒有做錯事嗎？」

「我的乖女孩，妳能做錯什麼事？」

「我……會不會根本就不該來到這個世界上呢？」瑪麗戰戰兢兢地問。

「為什麼妳會這麼說呢？」蒙特太太愣了一下。

「因為爸爸根本就不要我了。」

「爸爸很愛妳，怎麼可能不要妳呢？傻孩子。」

「不，我說的不是蒙特那個粗手粗腳的笨傢伙，他配不上妳，更不配生下我，我說的爸爸……是我眞正的爸爸。」瑪麗笑了，笑得很燦爛，笑得很飛揚：「麥克爹地。」

在夢中腦中一片空白的滋味原來是這樣，蒙特太太忍不住後退兩步。

「媽咪，妳知道嗎？每次我去麥克爹地那裡看病時，爹地的手都會在我身上摸來摸去，眞的好舒服喔，讓我回味無窮呢。」瑪麗手指捲著頭髮，天眞無邪地笑著。

就連在夢中也感到暈眩，蒙特太太顫抖不已，幾乎要坐倒。

「妳……妳在說什麼？妳怎麼會這樣說麥克醫生……那個害死妳的混蛋！」

「不需要再隱瞞了媽咪，就算妳什麼人也沒說，我還是知道麥克爹地在樹林裡使用了妳，還使用了好幾次，一開始妳並不那麼情願，但麥克爹地在妳耳邊的甜言蜜語讓妳像個蕩婦一樣喜悅，用妳所有能夠迎合他的東西取悅他。妳以爲這就是愛情。是的媽媽，我想這就是愛情，所以麥克爹地跟妳終於一起擁有了我。」

「上帝啊……妳是怎麼知道的？」

蒙特太太一個暈眩，忽然看見當時還年輕漂亮的自己臉色蒼白地站在玉米田後的那一大片樹林裡，屁股翹高，兩腿岔開，像一條發情的母狗。

而年輕俊帥的麥克醫生正從後面抓著她的屁股，擺動著腰，用他堅挺的陰莖瘋狂撞擊著她濕熱的陰道。她忍住不叫，身體的扭動卻因此更加放浪形骸。

就是在那些燥汗淋漓的夜晚，她有了瑪麗。

風流的麥克醫生並沒有娶她爲妻的意思，幸好那時的她迅速交了一個笨拙憨直的男友，也就是蒙特，她讓忠厚耿直的蒙特當了孩子現成的爸爸。

而那些發生在樹林裡的性愛幽會一直是她埋在回憶裡、葬在夢裡的祕密。

她從來沒有跟任何人提起，包括麥克醫生本人。

而後發生在瑪麗身上的悲劇，蒙特太太內心除了絞痛，更有巨大的醜聞陰影。沒有人知道，這不只是一樁鎮上最有名的醫生姦殺一個無辜小女孩的犯罪，更是一件父親殺死女兒的亂倫暴行。

「媽咪，我什麼都知道喔。」

瑪麗天眞爛漫的聲音從蒙特太太迅速膨脹的肚子裡發出。

「媽咪跟爹地的事，我通通都知道喔！我都知道我都知道我通通都知道喔！」

夢中的場景從十多年前的樹林裡，來到瑪麗的房間。

連腳趾尖都在發抖的蒙特太太站在床邊，看著躺在床上的瑪麗。

她的乖女兒張開雪白的兩腿，一邊自慰一邊放聲淫叫著：「媽咪，當我發現麥克爹地爬到我床上的時候，我眞的好開心喔，因爲麥克爹地還是愛我疼我的，所以他很認眞地使用了我喔。不過……」

「妳不是我的女兒……不是……妳不是……」蒙特太太喃喃自語。

「不過麥克爹地爲什麼又要把我殺死呢，是不是因爲瑪麗表現不好？」瑪麗的表情變得很哀傷，手指也停下來了：「媽咪，麥克爹地他眞的不要我了！」

這時瑪麗從床上慢慢站了起來。

她將自己的頭血淋淋地扯了下來，拿在手上拋啊拋的，而她的死人頭兀自在半空中翻滾、悽厲哭嚎著：「麥克爹地不要我了！麥克爹地不要我了！麥克爹地把我的頭扭下來啦！」

蒙特太太驚嚇不已，這時她已完全想起來，這是一個夢。

這是一個惡夢。

當蒙特太太有了這樣的意識時，她想自己應該會立刻驚醒。但沒有。

她呆站在原地，看著脖子斷口不斷噴出血汁的瑪麗繼續拋玩著那顆死人頭。

「這是夢！這是夢！我要醒來！」

蒙特太太拚命扯著頭髮，想用痛苦逼自己醒來，卻沒能成功。

「媽咪！接住！」

瑪麗怪叫一聲，忽然將自己的腦袋丟向蒙特太太。

蒙特太太尖叫，當然沒有伸手去接，反而往後一倒。

瑪麗的死人頭就這麼摔在地上打滾，嘴裡嚷嚷：「媽咪都不接我！都不接我！是不是妳生氣麥克爹地使用了我！媽咪妳是不是吃醋啦啊啊啊啊啊！」

「我要醒來！我要醒來！」

蒙特太太驚恐不已，拔腿跳到床上，逃離那顆不斷在地上打滾的死人頭。

子。

而沒有人頭的瑪麗將脖子斷口對準逃到床上的蒙特太太，雙手瞬間用力擰著脖子斷口噴出大量的鮮血，噴得哇哇大叫的蒙特太太一身血紅腥臭。

「停止！不要再——再噴啦！」

蒙特太太嘶吼著：「我命令妳！停下來！」

她想起來一件她也曾做過的事。既然她已經意識到這裡是自己的夢境，自己的夢就是自己的地盤，理所當然她可以用意志力控制夢裡發生的一切才對吧！

於是蒙特太太集中精神，命令失控的瘋狂瑪麗不要再朝她噴血了，但瘋狂瑪麗只有更加用力掐擠脖子，讓彷彿無窮盡的臭血激射向蒙特太太。

「我要醒來！我要醒來！我要……啊啊啊啊！啊啊啊啊不要再噴啦！」

「媽咪快點把我撿起來！我的頭轉得好暈啊！好暈好暈好暈好暈啊！」

再沒有比這個夢境更加驚悚的東西了，它幾乎就是蒙特太太人生兩大夢魘的集合。

在無法醒來的恐怖絕倫的夢境裡，蒙特太太所能做的努力就是不斷尖叫。

「是的，這裡是妳的夢。」

說話的，不是在地上滾來滾去的瑪麗死人頭。
也不是在床上瘋狂尖叫閃躲斷脖噴血的蒙特太太。
而是站在天花板上的小男孩。
金髮，藍眼，即使倒行在天花板上也可清晰知悉的燦爛笑容。

「妳的，地盤。」

地上的瑪麗死人頭不再鬼叫了。
失去腦袋的瑪麗身體也不再擠脖子了。
而蒙特太太也認出來了。
這男孩就是牧師的雙胞胎兒子之一，無時無刻都在睡覺的——

「嗨，喬伊斯。」地上的瑪麗死人頭開口：「你可以幫我把頭撿起來嗎？」
「蒙特太太，妳好。」無視瑪麗，喬伊斯彬彬有禮地看著蒙特太太。
「……」蒙特太太不明白，爲什麼喬伊斯會出現在她的惡夢裡：「你怎麼會……」

比起令這個小鎮頭痛不已的魔星喬洛斯，整天睡覺的喬伊斯是非常隱性的存在，也許有一半的鎮民看都沒有看過喬伊斯睜開眼睛的畫面。

很多人都笑稱，如果把過動的喬洛斯跟過靜的喬伊斯的個性加起來，再均分爲二，喬洛斯跟喬伊斯都會變成正常的小孩，天下太平。

遺憾的是，喬洛斯就是喬洛斯，喬伊斯就是喬伊斯。

但，自己的潛意識裡眞的有喬伊斯嗎？蒙特太太感到很疑惑。

她根本沒有印象跟喬伊斯說過一句話，比起來，整天瞎鬧的喬洛斯曾經在跳蚤市場上亂踢過她的屁股、在大街上朝著她跟瑪麗扔死青蛙、在她家門口笑嘻嘻大便等等，要出現在潛意識堆積出來的惡夢裡，喬洛斯恐怕更合適一百倍吧？

「妳不懂，我怎麼會出現在妳的夢裡，是嗎？」

「……是。」

「夢眞的很奇妙，不只是日有所思，夜有所夢。還有很多的其他。」

「消失吧喬伊斯，這裡不是你該出現的地方。」蒙特太太也不曉得爲什麼要跟一個夢中的角色這麼說話：「這裡是我的夢，走吧。」

「我在這裡，讓妳不自在嗎？」喬伊斯蹲在天花板上，杵著歪歪的下巴。

「消失吧。」蒙特太太瞪著喬伊斯：「消失！」

這裡有她死去的女兒，雖然她實在無法承認。

這裡有她蒙塵的祕密，雖然她認真遺忘。

這裡不允許任何一個外人進來。就算是夢，也不允許。

但喬伊斯並沒有在蒙特太太的意志力下消失。

「白天的時候，我們還能自己欺騙自己。只有夢，只有在絕對隱私與祕密的夢裡，人不會欺騙自己。所以，白天是螞蟻都不敢攆死的老好人，夢裡卻放任自己胡亂殺人。白天是好妻子，夢裡卻希望自己變成淫婦。白天是正義的先鋒，夢裡卻是邪惡的代言人。」

「……喬伊斯，我說，走開！」

蒙特太太惡狠狠地瞪著大發議論的喬伊斯。

在她堅定的凝視下，瑪麗的房間結構慢慢扭曲，床變形，瑪麗的身體歪七扭八，天花板也漸漸崩塌凹陷。雖然蒙特太太無法從自己的夢境中醒來，但她不想讓陌生的角色進入夢境的意志力，似乎讓整個夢境瀕臨崩解。

喬伊斯笑了。

「夢是一切的慾望，夢是一切的解脫，夢是一切的反射，夢是一切的儲存，夢是，一切意識與無意識的無窮能量。夢是，祕密的墳墓——或樂園。」喬伊斯無視夢境正在崩潰瓦解，幽幽說道：「蒙特太太，妳這幾年來的夢，眞的非常有趣。」

「滾開！滾開我的夢！」蒙特太太咆哮。

「我辦不到喔蒙特太太。」喬伊斯無可奈何地聳聳肩。

此時房間結構被整個拉直，床回復，斷頭瑪麗站直，天花板高高往上撐起。夢境瞬間恢復原狀，彷彿蒙特太太的意志力也在瞬間被抽空。

從容不迫的喬伊斯走下天花板，經過垂直的牆壁，來到濕濕黏黏的地毯上，他順手撿起瑪麗的死人頭，往上一拋，將死人頭正好接回斷掉的脖子上，不過角度出了點問題，瑪麗的死人頭歪歪斜斜地黏在身上，比沒有頭還要恐怖。

「媽咪，我的頭歪了！」瑪麗哭喪著臉：「歪了歪了歪了啦！」

讓蒙特太太感到背脊發涼的，並非怪模怪樣的歪頭瑪麗，而是喬伊斯。

喬伊斯，似乎不是夢中的人物。

而是……走進夢中的人物。

「這麼多年了，妳以爲自己不再作夢。」喬伊斯莞爾：「其實妳只是忘了。」

「喬伊斯，你……」蒙特太太的牙齒打顫。

「妳習慣將骯髒的過去埋在夢裡，以爲這就是永遠的祕密。我可以同意。」

喬伊斯欣然一笑，兩隻眼睛發出湛藍色的光芒。

「現在，我幫妳將悲傷也一起埋進夢裡吧。從此以後，妳不再悲傷。」

恐怖的歪頭瑪麗消失了。

蒙特太太呆住，瑪麗的房間也消失了。

蒙特太太好像忘了什麼。

「剛剛……剛剛好像有什麼人在這裡？」她有點不知所措：「喬伊斯？」

在她還沒意會到失去什麼的時候，她的夢境變成一片寂靜的空白。

就連喬伊斯也不見了。

不，不對，還剩下喬伊斯的聲音。

「然後，我賜給妳在夢裡最渴望的愛情。眞正的，愛情。」

蒙特太太的夢境湧入熟悉的群樹，不需懷疑，正是玉米田後面的那片幽暗樹林。

然後一個男人出現了。

年輕活力的，帥氣俊朗的，幽默大方的……

「親愛的，好久不見。」

是麥克。

麥克，這個奪走她初吻的初戀情人，雙手插在專業的醫生白袍中，笑容可掬地走向蒙特太太。魅力十足，眼神曖昧。就像年輕時候魂牽夢繫的那個他。

蒙特太太疑惑地看著麥克一步一步走向自己，心裡始終有股異樣感。

「傻瓜，我的寶貝。讓我給妳一切。」

麥克張開雙臂，緊緊擁抱住蒙特太太：「所有一切。」

年輕的麥克鼻息漸重，緊貼著的臉龐出現些許皺紋，皮膚漸漸變粗，頭髮些許白了，那種充滿無數記憶的歲月感隨著這個溫暖的擁抱，滲透進蒙特太太的身體裡，滲透進夢裡。

蒙特太太流下了眼淚。

那是幸福的眼淚。

近午的陽光刺醒了蒙特太太的雙眼。

她坐直身體，眼睛疲倦酸腫，心情卻是難以言喻的飛揚。

幸福的一天又要開始了……

21

蒙特太太在廚房裡烤麵包，煮咖啡，神采奕奕地準備著一天的早餐。她的心情好極了，哼著歌，一邊將花生醬厚厚地塗在吐司上。

一夜輾轉反側的蒙特先生慢慢走下樓。他的淚水未乾，雙眼紅腫，得好好抓著扶手才能走下樓梯。當他聽見太太在廚房裡唱歌時，蒙特先生訝異不已。他走進廚房，餐桌上豐盛的早餐讓他又吃了一驚。

自從瑪麗遭到不幸後，他從沒看過餐桌上有任何像樣的東西，有時候夫妻根本沒有一起吃飯，分別從冰箱裡隨便拿出一點食物就熱了吃。

而今天，咖啡壺裡甚至還冒著香氣四溢的熱氣。

眞是太難爲妻子了，蒙特先生在心裡嘆了一口氣。

這些日子眞的很難熬，夫妻彼此都知道對方心裡的悲痛，整天就是自顧自地沉浸在絕大的悲傷裡，痛到連安慰對方的力氣都沒有了。

作丈夫的他，身爲男人的他，一家之主的他，無論如何實在應該先堅強起來，否則如何能夠帶領妻子走出傷痛？這可是一種責任。

但即使明白這點，平時就很寡言的蒙特先生還是沒有辦法告訴妻子應該如何拋下過去向前看、日子還是得過下去之類的……等等他自己都無法相信的話。

而現在妻子正在哼歌做早餐，看她正在煎蛋的背影似乎還帶著律動感。

妻子一定是在假裝沒有那麼悲傷了，因爲蒙特先生深刻知道那椎心之痛，但假裝也是好的開始，既然妻子正想辦法找回生活的秩序，自己也絕對不能夠表現出太消沉的樣子，免得辜負妻子試圖從痛苦中爬起來的努力。

「親愛的。」蒙特先生從背後摟著蒙特太太，心酸地說：「這陣子眞的很抱歉。」

他艱辛地擠出一個笑臉。

蒙特太太皺眉，這聲音怎麼有些不對勁啊……

她一回頭，看見滿臉憔悴的蒙特先生正抱著自己，忍不住大叫：「你做什麼！」

「！」蒙特先生愣然。

一臉驚恐的蒙特太太隨即用力推開了蒙特先生：「你怎麼會在這裡？」

「妳怎麼了？」蒙特先生茫然不解。

「保羅．蒙特？」蒙特太太氣到連舌頭都在顫抖。

「保羅．蒙特？妳叫我什麼？」

「爲什麼你會在我家！」蒙特太太又急又氣，東張西望不知道在找什麼。

「我……我在我們的家啊？」蒙特先生一伸手，馬上被蒙特太太揮手推開。

蒙特太太氣急敗壞地跑出廚房，往樓梯上面大叫：「親愛的！麥克！麥克！」

蒙特先生先是一怔，隨後衝出廚房抓住他的妻子。

「妳說什麼！」

「蒙特！誰讓你一大早跑來我家的？眞是無禮！」蒙特太太被蒙特先生的手勁給捏痛了，怒氣攻心：「出去！馬上！」

「妳叫我出去？」蒙特先生氣到眼前發黑，抓住妻子的右手更加使力了：「妳又叫誰親愛的？哪個麥克？誰！妳說的是那個將我們的女兒……」

「麥克！你快點下來！」蒙特太太朝樓梯上面大聲嚷嚷，好像有誰在樓上似地。

蒙特先生一巴掌砸中妻子的臉，咆哮：「妳叫誰！」

這一巴掌打得蒙特太太又驚又怒，她掙脫蒙特先生的手不顧一切往樓上衝，而蒙特先生拔腿就追。

「救命啊麥克！」

「爲什麼叫他！」

一逃一追，兩夫妻在樓梯間差點就扭打在一起，蒙特太太用力踢了蒙特先生的臉一腳，痛得蒙特先生的鼻子差點斷了，這才成功衝到樓上的夫妻房。

「麥克！」蒙特太太一進房就將門鎖起。

「夠了！」蒙特先生摀著鼻子，隔著門大叫。

還喘著氣，胸口劇烈起伏，蒙特太太看見床上沒人……沒有自己的「帥氣老公麥克」，而門外又有從中學就一直同班的老同學蒙特在鬼吼鬼叫，這到底是什麼情況？

「開門！」

「走開！快點滾出我的家！」

「再不開門我就踹了！」

「麥克！麥克你在哪裡！」

當蒙特先生真的開始踹門時，蒙特太太不由自主尖叫起來。

她看見放在床頭、用精緻相框裱褙好的一張照片。

一張她與蒙特先生、還有一個可愛小女孩的親密合照，蒙特先生的手甚至搭在她的肩上，而她與蒙特先生的臉同時緊緊貼著中間的小女孩，小女孩笑得好開心，好像全世界都拚命寵著她。

「天啊，那是什麼鬼東西啊！」蒙特太太大叫。

門被踹開，蒙特先生一把揪住蒙特太太，氣呼呼地質問：「妳在發什麼瘋！」

扎。

蒙特太太完全不行了，她對著試圖按住自己的蒙特先生一陣拳打腳踢，死命掙

「麥克！麥克救我！」

「夠了！停止！」蒙特先生一巴掌又下去。

「為什麼照片裡會有我跟你的合照！」蒙特太太的臉幾乎嚇到變形。

「我不知道一大早妳就在瘋什麼！總之！夠了！停下來！」

蒙特先生用蠻力壓制妻子，氣到扭曲的臉上卻不禁迸出心疼的淚水。

難道妻子因為傷心過度變得精神不穩定了嗎？天啊，這都是自己的錯。

「麥克！老公！麥克！」蒙特太太歇斯底里地求救。

「麥克殺了我們的寶貝，妳喊他做什麼！」蒙特先生心痛不已，全身發抖。

忽然蒙特先生的右手無名指，喀答一聲被不停朝自己亂打一通的蒙特太太給折斷了，他一氣之下，一拳重重落在妻子的臉上，大吼：「冷靜下來！」

沒有人被揍了一拳還可以冷靜的，蒙特太太只有更加歇斯底里地掙扎，想逃出這個房間，想逃到街上。

怎麼辦？

蒙特先生花了整整五拳才讓蒙特太太停止大吼大叫。

鼻青臉腫的她，總算是靜下來了。

「對不起。」蒙特先生懊惱不已：「對不起我打了妳，現在妳好一點了嗎？」

「……」猛流鼻血的蒙特太太無話可說，眼角都痛出眼淚來了。

「這陣子妳太累了，沒有好好睡覺。」蒙特先生擦去她眼角的淚，自己的淚水卻怎麼也止不住地掉下來：「妳現在好好躺一下，對不起，剛剛眞的對不起。」

「……好。」蒙特太太點點頭。

當蒙特先生輕輕摸著蒙特太太的臉龐，蒙特太太忽然用力往他的手掌一咬，這一咬可是用上了她全身所有的力氣，非得將對方的肉咬下來的狠勁！

被咬了個措手不及的蒙特先生一聲慘叫，彷彿連骨頭都被咬下來似的痛，而他親愛的妻子還沒結束反撲，她抓起床頭的相框往他額頭猛力一砸，轉身就往房外逃。

她一路又跑又跳地衝下樓，開門，馬上衝到大街上去。

「麥克！」她又喘又叫。

大街上早就站了幾個被一連串尖叫給吸引過來的鄰居鎮民，一看到鼻青臉腫的蒙特太太，趕緊圍過來詢問剛剛她到底發生了什麼事。

「蒙特那混蛋闖進我家！」蒙特太太氣急敗壞地指著自己的家。

「闖進妳家？」別克太太愕然。

「蒙特……闖進妳家？」桃樂絲大嬸同樣聽不明白。

「蒙特！我說蒙特！保羅．蒙特！」蒙特太太上氣不接下氣，大聲控訴：「他趁麥克不在，闖進我家對我動粗！他什麼東西啊他！看看我被打成什麼鬼樣！」

「麥克？妳是指……」

「我的天！我的老公麥克啊！」

大街上的三姑六婆面面相覷，實在不懂蒙特太太的指控是怎麼一回事，聽起來毫無道理，而且還有一種令人討厭的煩躁感。

這時蒙特先生也從家裡衝到大街上了。

他一臉狼狽，不，是一臉流血，還揮著一隻鮮血淋漓的手。

「他媽的！妳看看我的手！」怒氣騰騰的蒙特先生走向他的妻子。

「你不要過來！」蒙特太太尖叫，後退好幾步。

「夠了夠了夠了！妳不要再瘋瘋癲癲了，瑪麗死了我也很難過啊！」

蒙特先生頹然說道，抓著自己所剩不多的頭髮，在眾人面前沮喪地落淚。

「你不要胡說八道！瑪麗是誰我不認識！」蒙特太太又後退一步，惡狠狠地瞪著這個對她施加暴力的大壞蛋：「走開！我要報警！我要告你！等麥克回家一定有你好看！」

這一席話，讓圍觀的幾個鎮民同聲嘆息。

蒙特太太的確是瘋了。完全瘋了。

痛失愛女的蒙特太太心力交瘁了那麼多天，沒去市場，連教堂也不去了，最後竟然完全精神崩潰。雖不意外，但還是非常可憐，就連一直愛護著她的好老公，都被她搞得那麼狼狽。

在大家充滿同情的注視下，蒙特太太感到很不痛快，從剛剛到現在竟然沒有一個人聲援她，這是什麼世界啊？這個自己從小長大的小鎮，什麼時候變得這麼不友善了？

「回家吧蒙特太太。」

不知道是誰先開的口，所有人都用悲傷的口吻一起說著相似的話。

「我知道妳心裡難受，但還是先回家吧。」

「瑪麗是個好孩子，但她的死一點都不能怪妳的先生啊，回家吧……」

「回家吧，不是只有妳難過，蒙特先生也是很辛苦的。」

「我會爲你們夫妻祈禱的，回家吧蒙特太太。」

「蒙特太太」這個字眼從四面八方不斷鑽進蒙特太太的耳朵裡，偏偏還是溫柔又憐憫的語氣，讓一時之間找不到老公的她越聽越怒，越怒越怕。

難道這個小鎮已經瘋了嗎？他們在鬼扯什麼啊？

瑪麗又是哪位？什麼跟什麼啊！

在這些莫名其妙的關心下，蒙特太太感到很孤單，很無助，很憤怒，大家見她無論如何不肯回家，只好拉她到旁邊的長椅坐下，開始說著她根本就聽不懂的安慰語句，語句裡還夾雜著怪異絕倫的慘案描述，動不動就痛罵她的好丈夫麥克。

蒙特太太完全不曉得他們幹什麼這樣對待自己！只有讓人更生氣！

她還不知道的是，遺忘她的不是這個小鎮。

而是她遺忘了屬於她的那個小鎮，以及應該屬於她的深沉悲傷。

而在夢中遺忘了悲傷的蒙特太太，交換得來的是……

正在開始的，一望無際的恐懼。

22

今天天氣很好，就跟綠石鎮每一天的天氣一樣。

躺在家裡休息了快兩個禮拜，威金斯警長終於能走下床爲自己沖杯熱咖啡，去後院花園澆澆水，然後好好地坐在餐桌邊吃火腿煎蛋。

打開報紙前，他還稍微祈禱了一下，不要忽然看到鎮上又出現什麼不好的新聞。只是脖子上那厚重的、還未能拆下的石膏實感，隨時都在提醒威金斯警長他該負起的責任有多大，而這份責任恐怕無法好好交給他人。

傷假還沒結束，但鎮上接二連三發生的糟糕事件再不理出頭緒，自己還當什麼警長？

昨晚睡前他看了副警長夏奇爾交上來的報告，不得不說，眞是鬼話連篇。

首先是麥克醫生姦殺瑪麗的案子，案情單純，目擊者有十幾個人，加害者與被害者都毫無疑問，但麥克醫生用來斬去……或者說拔取瑪麗的腦袋，所用的工具迄今沒有尋獲。而麥克醫生死前將自己的頭顱硬生生扭斷的畫面，勉強可以用來解釋他的腕力巨大到不需要使用工具，一樣可以將瑪麗的頭顱扯掉。這份報告就姑且算了。

其餘的報告都有問題。

馬克太太指控小肯尼跟尤比是那晚性侵自己的凶手，這份證詞雖然有錄音，無庸置疑是馬克太太的意志表達，但其證詞的眞實性備受考驗，因爲鎭上有七、八個人都可以作證，馬克太太遭受性侵的那天晚上，小肯尼跟尤比跟許多人都在一起，釣魚，修整花園，跟女孩子約會什麼的，甚至還包括了夏奇爾跟尚恩兩人聲稱跟嫌疑者通宵打牌的證詞，這兩個小王八蛋，有的是不在場證明，而且還是多到溢出來的不在場證明。

不在場證明這麼多，多到不合理，這中間涉及到做僞證的疑慮，然而威金斯警長自己就可以肯定，小肯尼跟尤比這兩個人可沒有人緣好到讓這麼多人站出來做僞證袒護他們，所以這到底是怎麼一回事？大家拚命在隱瞞什麼嗎？

總之，這兩個被馬克太太指控犯案的臭小鬼，百分之百不是眞正的犯人，而幸好精液跟血液的檢驗報告就快出來了，之後將檢驗結果送到聯邦調查局那裡，比對曾經留有案底的強暴犯血液樣本，或許能有收穫。至少可以消除掉馬克太太的指控的證據力，不管誰做了多餘的僞證袒護了尤比跟小肯尼，都很無聊，且很惱人。或許將來在法庭上，可以用馬克太太當時在醫院指控他們的時候，精神狀態極端不穩定來解釋過去吧。

最離譜的來了，性侵馬克太太的凶手還沒找到，馬克太太就在醫院窒息死了。

夏奇爾的報告裡寫著，他跟尙恩親眼目睹馬克太太當著他的面，活生生不呼吸，將自己給硬憋死了……這是什麼東西啊！有人可以活活把自己憋死嗎！

是，是有聽過人爲了尋死，走進湖裡把自己淹死，把油澆在身上點火把自己燒死，把槍插在嘴巴裡爽快扣下扳機把自己轟死，就是沒聽過靠意志力停止呼吸把自己窒息死的蠢蛋。

況且，馬克太太？那個自私自利的老女人？

別傻了，自己還寧願相信那個自以爲是的老女人願意爲了活下去，硬是把另一個素昧平生的陌生人給掐死的可能。

這份報告眞是越看越惱怒，然後竟然連安妮也被強姦了，還指控夏奇爾跟尙恩就是凶手，眞是莫名其妙，看來夏奇爾在寫這份報告的時候一定很尷尬吧。

值得商榷的是，安妮指控凶手就是「黑屌刺客」跟「忘了穿衣服的黑魔鬼」，用語跟馬克太太指控的凶嫌名稱一模一樣，幼稚到令人無法忘記。

不過，安妮的陰道裡也有凶手殘留的精液，經過比對後，很快就能知道傷害安妮的，是不是同樣強姦馬克太太的凶手。

如果是同一個人，或同樣兩個人，事情就簡單很多。如果不是，爲什麼凶手要沿用強姦馬克太太的凶手名諱呢？

無論如何，精液比對的結果，這幾天就會出來，想必可以解開很多疑問。

威金斯警長反覆看了調查報告三次。

有一件事無論如何必須好好防範，他拿起電話，打到警局裡。

「夏奇爾，我看了你那該死的報告。」

「唉，我知道很多不合理，但目前就是按照事實處理下去，走一步算一步。」

「這樣下去，聯邦調查局很快就會到鎮上接手案子了。」

「如果凶手越境犯案，這也是遲早的事。這樣的發展好像也不壞，畢竟……」

「畢竟什麼？畢竟我們小鎮就是沒發生過什麼大案，所以警察都是一群酒囊飯袋是嗎？當聯邦調查局來接管的時候，我們只需要幫那些探員泡咖啡跟揉腳是吧？」

「……報告長官，我不是那個意思。」可以想見夏奇爾現在的表情。

「你不是那個意思，但你就是打算問他們要不要加奶精！」這頭的威金斯警長脖子又痛了起來：「聽好了夏奇爾，我們得拿出魄力，即使在這個充滿人情味的小鎮，捲起袖子板起臉孔還是必需的，我們得想辦法靠自己逮到凶手。」

「關於凶嫌遺留在馬克太太跟安妮陰道裡的精液檢驗報告，很快就能……」

「去他的報告，把鎮民一個一個叫去檢驗所射精留檢體做什麼？我們都知道凶手是從鎮外來的王八蛋！既然馬克太太死前都說了，下一個犧牲者是透娜，就勉強當作是……一種證詞吧？或許馬克太太在被強姦的時候，凶手曾經對她大言不慚過下一個犧牲者會是誰？」

「是，我也是這麼想，所以我們請透娜絕對不要一個人活動，白天除了學校跟教堂外，哪裡都不要去，入夜之後，也會有自願的鎮民輪流保護她，一次兩個人，我想不會有問題的。」

「都帶著槍嗎？」

「是的，昨晚是史蒂芬先生帶著槍坐在樓梯，阿雷先生帶著槍坐在餐桌邊，大概輪班的人都是這麼說好這麼分配的吧。我估計透娜的爸爸也是把槍靠在床邊睡覺，很安全。」

「社區巡守隊還正常運作吧？」

「是，每天晚上至少經過透娜家樓下兩次。全帶了槍。」

「好。」威金斯警長嘆氣：「勉勉強強了。」

其實夏奇爾這傢伙幹得不錯。如果自己脖子沒有受傷，親自主導調查工作的話，恐怕也不會做得更好。但當長官的，總是要假裝如果有機會親力親爲的話，就能夠把事情一口氣搞定，展示與自己能力並不相稱的魄力，其實是一種管理技術，也是一種讓所有跟隨他的人感到安心的……責任。

「還有一件事。」威金斯警長：「我很在意馬克太太的死。她就這麼憋氣？」

「若不是親眼所見，我也沒辦法相信這種事。她的眼睛慢慢充血，變成了很可怕的血紅色，那該是多麼可怕的決心。」夏奇爾的語氣還是透露著不安：「其實，比起她的閉氣自殺，我沒有辦法在報告裡描述的，是她死前說話的表情……跟語氣。」

「什麼意思？」

「雖然從沒有跟馬克太太好好交談過什麼，上教會時看到她也只是遠遠避著，但馬克太太最後的表情，不像是原來的她。甚至不像一個正常人。」夏奇爾深深吸了一口氣，這才慎重其事地說：「像一台錄音機，播放著別人要她記住的話，然後用不同的靈魂表演出來。」

「……」威金斯警長想要好好取笑他一番，卻不知怎地感到頭皮發麻。

「馬克太太的笑，那種說話的方式，令我跟尙恩兩人感到不寒而慄。」夏奇爾壓低聲音：「坦白說，我現在隨身都帶著聖經避邪，尙恩也是。只要我一想起來，就會在胸前劃十字架。」

「你跟牧師聊過這件事嗎？」

「他……他覺得，最近鎮上發生了這麼多事，恐怕需要更多的……助力。」

「助力？」

「這幾天他都在蒙特家，協助蒙特太太禱告。」

「喪女之痛是吧？可以理解。」

「好像除了過度傷心外還有別的顧慮，牧師他，他覺得這個鎮上受到了某種干擾。」

「干擾？惡魔嗎哈哈哈！哈哈哈哈哈！」

電話那頭的夏奇爾，卻沒有笑。

夏奇爾知道，如果威金斯警長在現場看過馬克太太說話的表情，那種自信滿滿的語態，那種彷彿看穿一切的從容不迫，以及，那種確實不存在於馬克太太眼睛裡的，異樣的神采，他的長官，就不會笑了。

有些表情，根本不該出現在人類的臉上……

23

二樓窗簾邊，一個僵硬的人影。

別克校長凝視著桌上的左輪手槍，已經一個多小時了。

上了膛的手槍裡，當然只裝了一顆子彈。

只要一顆子彈就能停止別克校長腦袋裡的喧囂。

前幾天，在夏奇爾副警長爲鎮民說明馬克太太案情進度的時候，他在大庭廣眾之下，將自己的衣褲脫個精光，那種莫名其妙的自我羞辱，令他事後覺得難堪到想死。

到底是哪來的失心瘋？

不過，這都不是別克校長將手槍放在桌上的理由。

黑屌刺客。

忘了穿衣服的黑魔鬼。

這兩個不該存在於世界上的名字，竟然活生生侵犯了馬克太太。

別克校長的眼神，因爲過度恐懼而變得空洞。

在當年，別克校長洋洋灑灑將對黑人的扭曲歧視寫成了一本自慰小說「鐵腕碎石機」，因爲教育者的身分無法以任何一種形式發表，甚至無法告訴任何人，包括自己的妻子，自己曾經寫過這樣的故事。

那本泛黃的手寫書，直到前幾天都還好好地放在保險箱裡，全都是因爲別克校長打心底將對黑人的惡毒歧視引以爲豪的關係。

然而，麥克醫生自稱「鐵腕碎石機」，扭斷了瑪麗跟自己的頭。目睹了這一切的別克校長，當然無法接受只有自己知道的虛構角色，從保險箱裡逃出來，進入相交二十多年的麥克醫生的身體裡，在鎮上肆虐。

當然，無法，接受。

現在那份手寫小說已經親手被別克校長燒成灰燼，他扭曲的思想證據永恆地消失。

但。

但。

但是這幾年來，別克校長一直在腦海裡構思著下一本小說的內容。

那是一個關於仇恨的故事。

從前從前，有一個充滿慈悲與愛心的棉花田莊園地主，嗯，當然是個白人。在白人地主的莊園底下工作的黑奴多達五百多人，每個黑奴都心甘情願爲他做牛做馬，於是整個莊園也眞的就沒有牛，也沒有馬，只有充當牛跟馬的一大堆黑人。

就在南北戰爭爆發前夕，這些黑奴非常憤怒在北方竟然有政客宣稱要解放他們的自由，還大言不慚說這是每一個人，包括黑人，天生的權力。這是什麼理論啊！大家都瘋了，這種妖邪的蠱惑思想，根本就是強迫自己脫離讓大家有飯吃、有牛馬可以當的好主人身邊嗎？大家都快急瘋了，非常想要自願加入南方的部隊，好跟北方的政客決一死戰，捍衛自己萬世爲奴的心意！

就在這個時候，有兩個黑人在莊園某處挖噴泉的時候，無意間發現了一個地穴，地穴裡有很多可怕的刑具，以及……「鐵腕碎石機」的墳墓！

當年，鐵腕碎石機被好人地主擒住後，兩隻做惡多端的手齊腕被斬斷，頸子被繩索勒住，慘遭馬匹扯斷，死狀淒慘。

但白人地主充滿憐憫，還是將他的屍體妥善安葬，沒想到這個充滿恨意又缺乏反省的幽魂多年不散，一直在等待復仇的時機，於是鐵腕碎石機的兩隻斷手屍骨，掐住了這兩名施工黑人的脖子，最後還強行鑽進了他們的嘴巴裡，深入體內。

於是誕生了自稱「黑屌刺客」跟「忘了穿衣服的黑魔鬼」兩個怪物。

這兩個怪物在黑奴社群裡到處傳播仇恨白人的言論，並闖進民宅，恣意強姦白人婦女，理由是「用黑人精液墨化白人的醜陋基因」，藉由白人婦女的陰道，大量產製下一代的黑人戰士。

由於「黑屌刺客」跟「忘了穿衣服的黑魔鬼」的邪惡肆虐，南方黑人開始暴動，果然製造出南方黑人渴望得到自由的幻象。

然而正義的力量不可小覷，原本想要爲白人做牛做馬一輩子的好黑奴，爲了保護自己身而爲奴、世世爲奴的權益，他們在白人地主的指揮下，拿起粗製濫造的武器，開始追獵可惡的兩個怪物……

這個故事還沒有構思結束。

甚至，一個字都還沒有寫出來。

但是當別克校長在教室走廊巡堂的時候，在跟老師開完教材會議的時候，在家門口悠閒地享用愉快下午茶的時候，臨睡前的寧靜片刻，別克校長都會將這個充滿歧視與偏見的故事從腦海深處拿出來，好好地加熱一番。

他喜歡幻想自居老大的「黑屌刺客」，一邊操幹著白人老婦，一邊朝她的臉亂噴淫穢髒話。他喜歡想像言行顢頇接近弱智的「忘了穿衣服的黑魔鬼」，笑呵呵地把他的肥大陰莖塞進白女人身上的任何一個洞，有時候還操到睡著，或者操到根本拔不出來。

只要一想到那些白女人兩腿開開，在黑人粗大陰莖的衝刺下，痛苦的呻吟，難堪的求饒，悲憐的哭泣，別克校長就會勃起。久違的勃起。然後在褲子裡直接射精。

很爛的故事，對吧？

豈止是爛，根本就糟糕透頂。

別克校長從未想過，有一天要將這個糟糕透頂的爛故事寫出來。說到底，那不過是一個僅供他意淫的粗糙想像。不需要眞正的劇情，不屑建立合理的角色動機，只要一大堆恐怖絕倫的強姦畫面，就足夠他硬。硬就對了。

現在，這兩個從未寫在紙上的，沒水準名字，出現在慘遭性侵的馬克太太嘴裡。

這……

難道是黑屌刺客，跟忘了穿衣服的黑魔鬼，活生生從自己腦袋裡爬到現實世界嗎？就像……就像是鐵腕碎石機一樣，不再只是自己的創作，而是「被誕生」嗎？誕生在，麥克醫生罪孽深重的身體裡？

別克校長看著桌上沉甸甸的左輪手槍。

超能力？

不，自己根本沒有那種將虛構進化成現實的超能力。不可能。

身爲一個品德高尚的教育者，他怎麼會不知道自己對黑人同胞懷有嚴重的偏見呢？

身為一個領導鎮民的高級知識分子，他如何不明白自己的創作物充滿了可怕的自我誤導呢？

一切都是他對黑人的恨。

不管是來自眞實生活經驗的，或是來自歷史虛無想像的，恨。

只要那些扭曲的思想自己不發表，不說出口，不與人討論，就能夠輕易維持自己的形象，繼續他高級知識分子與道德領袖的一生，所以他是一點發表慾望也沒有。

沒有發表的慾望，就不可能有生產的能力吧？

啊！

「惡魔……難道是……我之所以會有這麼可怕的思想，都是受到惡魔的影響嗎？」

別克校長瞪大眼睛，喃喃自語。

如果說，從頭到尾，都是惡魔在他耳邊低語呢喃，將種族歧視的偏見種子默默種在他的腦袋裡，將「鐵腕碎石機」、「黑屌刺客」、「忘了穿衣服的黑魔鬼」這三個壞形象潛移默化進他的思想裡，逼著他日思夜想，逼著他用想像力餵養那三個惡魔——直到那三個惡魔終於得到活生生的血肉！

是了！一定是這樣！

自己哪有什麼超能力！自己只是被惡魔利用的工具！

「上帝啊……請原諒我……原諒我這個罪孽深重的子民……」

別克校長淚流滿面，一手按著聖經，一手拿起沉重的左輪手槍。

如果那三個可怕的虛構角色，是惡魔寄養在他腦袋裡的怪物，那麼，也許有一個方法……也許……或許……可能……大概……可以將牠們一舉殺死？

左輪手槍的槍口緊緊抵著太陽穴。

「天父，請引領我遠離邪惡，帶領我進入您的國。」

別克校長閉上眼睛，咬牙扣下扳機。

24

今天的陽光依然很棒，可惜蒙特先生只覺得刺眼。

得到警局與教會同意後，這兩天蒙特太太被蒙特先生用鏈子綁在床上，任憑她怎麼哭鬧就是不放開她，自然了，家裡一切事物都得由蒙特先生一個人打理，此時此刻走在鎮民大道的他，手裡正拎著剛剛從超市買到的一大袋蘋果與麥片。

能不悶嗎？寶貝的甜心女兒死了，被殺死了，被麥克醫生殺死了。而摯愛的妻子，孩子的母親，卻一直呼喚著麥克醫生的名字爲丈夫，還把自己當作是想要侵犯他的莽漢，眞是夠屈辱了。

蒙特先生拒絕承認妻子瘋了，他認定是著魔。

那天晚上蒙特先生親眼目睹麥克醫生在月光下，徒手將自己的腦袋扯掉前，當時妖異至極的氣氛，以及麥克醫生臉上奇怪的笑意。

「我看見了惡魔。你們知道嗎？那可是……眞正的惡魔喔！」

令圍觀的人不知不覺都放下了槍。

隨著麥克醫生的頭掉在地上，這個小鎮也陷入了不可解的深淵。

發生的一切都是謎。

蒙特先生是從小認識麥克醫生的。與其說是認識，不如說，他跟其他鎮民一樣敬重他。不管是專業或是人格，麥克醫生一向獲得所有人的信賴，是下一屆鎮長的熱門人選。

蒙特先生越想，就越覺得，麥克醫生那天晚上並非眞正的麥克醫生。那不是他的表情，也不是他的語氣。將自己的頭扭下的，更不是他能擁有的力量。

或許眞如麥克醫生死前吐露的一樣，惡魔，眞正的惡魔，在一種恐怖的機緣下降臨在他的身上，用他的身體，行使惡魔的邪惡行爲。

而妻子與其說是呼喚麥克醫生爲夫，不如說，她正在嚷嚷的，是惡魔化身的名諱。

鐵腕碎石機。

「上帝啊……」困頓不已的蒙特先生忍不住在胸前劃了一個十字。

走著走著，蒙特先生發現噴水池的方向聚集了很多鎮民，人聲嘈雜，有人在笑，有人在大叫，有人從人群中跑了出來，叫嚷著更多人去看。雖然不順回家的路，蒙特先生還是不由自主走了過去，看看大家在吵鬧什麼。

噴水池內，別克校長呆呆站在裡面，滿身鬆弛的贅肉，除了胯下垂晃著那一條年久失修的皺老二外，一絲不掛。

這個怪老頭的手裡拿著一把銀色湯匙，使勁挖著自己的太陽穴。

一直挖，一直挖，一直挖，好像要把腦漿挖出來似地。

「哈哈哈哈哈好好笑喔！好好笑喔！大家快來看啊！眞的好好笑喔嘻嘻哈哈哈！」

樂不可支的喬洛斯在別克校長旁邊猴子般跳來跳去，手中揮舞著樹枝，不停地抽打別克校長的裸體。當然了，一眼就可以看出來，被抽打得最嚴重的部位，不意外就是別克校長的皺老二。

「老二快爆炸啦！老二快爆炸啦！像氣球一樣的老二快爆炸啦！」

喬洛斯笑壞了，用力抽打著，用各種姿勢用力抽打著別克校長的老二。

老二都給打腫了，紅腫得像顆熟透了的水蜜桃。

一大群圍在噴水池旁邊的鎮民都在看，個個目瞪口呆，不只驚訝別克校長爲什麼把自己脫光光，更訝異這個老校長驚人的忍痛力，下體腫脹成那種樣子，卻還是任憑惡魔喬洛斯繼續凌遲他的老二，以及他一向高高在上的自尊。

鎮民議論紛紛。

「老別克是怎麼了？大白天的……是在夢遊嗎？」

「我看他至少脫光光站在那裡一個小時了，都是同一副表情。」

「肯定是得了老人痴呆症……唉，可憐的別克！也辛苦他太太了。」

「誰去阻止一下那隻該死的猴子？」

「喬洛斯根本是惡魔！」

「是我的話，早就痛到哭出來了！」

「警長今天還是沒上班嗎？那副警長夏奇爾應該過來處理一下吧？」

「牧師應該還不知情吧？唉！」

「上次他就這麼幹過一次，我還以爲是什麼，現在看起來眞的是生病了。」

「一定是生病了，唉……」

大家議論紛紛，就是沒有人眞正出手阻止瘋狂嬉鬧的喬洛斯。

「這個小鎭到底……到底還有沒有正常一點的人啊？」蒙特先生驚呆了。

喬洛斯抽打著別克校長的肥肚子，老屁股，皺老二，就連奶頭都給打紫了，大家看得連眼睛都痛了起來，不曉得這一場鬧劇會怎麼落幕。說穿了，或許大家對平常自視甚高的別克校長自願淪落到這番古怪的下場，都深深感到獵奇。

別克校長睜著眼睛，視線朦朧，神態迷惘。

好像看著前方，又肯定沒有好好看著前方。

噴水池的對面。

一棵枝葉茂密的大楓樹下，坐著一個幾乎無時無刻都在熟睡中的金髮男孩。

喬伊斯。

喬伊斯睡得很香甜，嘴角還微微上揚。

25

風吹來了棉花絮，令鼻子有些發癢。

一望無際的棉花田，老舊的馬槽，夕陽下的風車，剛剛挖好的水井，一排排彎彎曲曲的橡樹。隱隱約約從遠方傳來的，令人心情飛揚的鞭打聲。

棉花田的邊緣，一棵模樣妖異的白橡樹下，一個又深又黑的墓穴，那墓穴深不見底，往下不斷延伸吞噬，彷彿直接通往地獄。

別克校長站在黑隧的墓穴旁邊，難以置信地感受著這一切。

「……」

在這個不是太典型的南方小鎮裡，空氣裡的氣味，天空的顏色，被夕陽燒紅的詭異雲朵，都是他在腦海中構思「鐵腕碎石機」系列故事的末日場景。

而這個位置古怪的墓穴，跟別克校長想像中，當年白人地主安葬鐵腕碎石機的那一個隱密墓穴，長得一模一樣。

「這裡……這裡是……我的夢嗎？」

別克校長清楚聽得到，被迫面對自己恐懼的心跳聲。

爲什麼是這裡？

自己剛剛不是舉槍自盡了嗎？

難道，當子彈貫穿腦袋之後，也一併將自己帶入死前不斷回憶、卻也不斷逃避的虛構場景了嗎？

所謂地獄，就是自己日日夜夜偷偷創造出來的爛故事嗎？

難道剛剛的自殺衝動，也是惡魔設下的陷阱，誘惑自己墮入自己創造出來的地獄嗎？

相信自己已死的別克校長，像死屍一樣，全身僵硬地站在原地，彷彿必須用盡全身的力氣，才有辦法在這個地獄場景裡挪動腳步。

但才踏出一步。

一步，整個夢境就搖晃起來。

別克校長對面的墓穴發出了奇怪的嘶吼聲，像野獸，也像人聲。

那令人不安的聲音從墓穴裡快速滾了出來，一路帶起了黑色的碎石與爛泥，別克校長身爲這個夢境的創生者，毫不意外地看見一具發臭腐爛的人形屍體，慢慢地從爛泥與雜石中型塑出來，跪在自己面前。

是一個身材壯碩，擁有異常粗大手腕的強壯黑人，臉上那黑白分明的狠戾眼神，就跟他想像中的經典角色「鐵腕碎石機」，一模一樣，分毫不差。

「你，就是創造我的，主人嗎？」鐵腕碎石機開口，每一個字都猶如岩石般堅硬。

「我……」別克校長兩眼發直。

「你，滿意我的存在嗎？」鐵腕碎石機咧開嘴，語氣就像那天晚上的麥克醫生。

「我只是在腦中創造了你，我只是純粹的幻想，但我……沒有意思要讓你真的存在啊！」別克校長懊惱不已：「你根本不應該出現！這個世界並沒有像你這麼糟糕的人的……容身之處！」

「是嗎？那真是太遺憾了，這麼糟糕的我，可是非常開心可以擁有這一切。」

鐵腕碎石機慢慢地站了起來，看著自己粗糙的雙手手掌，獰笑道：「我的血液裡，充滿了對白人莫名其妙的憎恨，對這個世界運行道理的徹底懷疑，對女人不正常的濃稠慾望，更妙的是，對黑人同胞邪惡的控制慾與低級下流的自貶，一切矛盾，通通都在我的身體裡激烈流動，非常飽滿的，膨脹在我的下體裡。這些污濁的精神力量，全都是你一個字一個字刻在我的靈魂裡，讓我——非常強大啊！」

鐵腕碎石機高高站起，渾身筋肉，胯下翹起一條筋肉糾結的黑色肉棒，彷彿永遠都不會軟掉似地昂藏雄起，那是白人憎恨的邪物，那是一切黑色力量的核心。

駕馭著非人的力量，鐵腕碎石機一手抓向墓穴旁彎曲的橡木，硬生生撕下了一大塊樹肉，輕而易舉地將其擰碎成粉末。

這遠遠不是炫耀，他根本無需跟主人炫耀，他能有多少力量，都是眼前這個主人的想像力所賜予。他只是，無從發洩自己的精力，除非他想侵犯主人的屁眼。

面對自己一手創造出來的怪物，別克校長咬牙，用控訴的語氣大聲斥責：「你！既然承認了是我創造了你，那麼，從現在開始就給我消失！消失在綠石鎮！消失在我的腦袋裡！」

彷彿聽見了這個世界上最難笑的笑話，鐵腕碎石機怪模怪樣大笑了起來。

「主人，你的確毀滅了我，一次。」

鐵腕碎石機高高舉起雙手，身上突然多了幾十個冒著煙的彈孔，彈孔汩汩流血。他張大嘴巴，原本森然如虎的牙齒，一顆顆碎裂。高高聳起的粗大黑陰莖，則被無形的刀刃給鋸掉，掉在地上，燒成一塊焦炭。

「這就是你安排給我的故事結局，被義勇軍亂槍打成蜂窩被逮，綁起來後，牙齒全被斧頭敲碎，我心愛的老二更被剁下來燒掉，燒掉，燒掉，哈哈哈哈感謝你賜予我強壯的身體，竟然可以承受這種痛苦還不死，最後……」

滿臉怨毒的鐵腕碎石機身上忽然多出了好幾道繩索的綁痕，伸出巨大的雙手，假笑說道：「最後，你讓那些鄉巴佬把我綁起來，用馬匹撕裂我的雙手！」

依稀聽到馬嘶聲，別克校長本能地大叫起來。

雙手手腕炸開誇張的血漿，活生生扯離鐵腕碎石機的身體，雙手摔在地上。

「那麼訝異做什麼？一切都是你幻想出來的場景，哈哈哈哈哈如你所願的很血腥啊！很暴力啊！我連老二都可以被燒掉了，失去雙手又算得了什麼呢哈哈哈哈哈哈哈哈哈哈哈哈哈哈哈！順序弄反了呢主人！應該是先扯掉我的雙手，再燒掉我的老二，這樣才有最後的高潮嘛哈哈哈哈哈！你真的不是一個說故事的高手呢主人！哈哈哈哈哈哈哈！」

別克校長抓著自己的臉，歇斯底里地大吼：「快點消失！我命令你！消失！消失？」

自斷腕處不斷噴血的鐵腕碎石機非但沒有消失，這裡，這裡，這個絕對私隱之處，還多出了一個不速之客。一個不該存在於這個夢境的人物，出現在鐵腕碎石機的身後，慢條斯理地走了出來。

——小小年紀的，總是呼呼大睡的喬伊斯。

喬伊斯的手上，拿著沉甸甸的，剛剛他用來自盡的那把槍。

「喬伊斯？」別克校長傻了，忍不住注意到那把槍。

「你好，親愛的校長先生，又見面了。」喬伊斯彬彬有禮地說。

這孩子站在這個夢境裡的樣子，臉上帶著的溫暖笑容，彷彿，他比誰都要早來到這個夢境裡等待似地。

「你……你在這裡做什麼？」別克校長難以置信地說：「難道，你也自殺了嗎？」

「自殺？我大概是這個小鎮，距離自殺最遠的人吧。」喬伊斯微笑，端詳著手上那把銀晃晃的槍：「就連你，校長，你也應該特別珍惜自己的生命，好好看著一切發生。我說，你有那種責任，也該有這份權力。」

「看著……一切發生？」別克校長像是被戳破了什麼，面紅耳赤：「我不懂你在說什麼。總之，這裡不是你該來的地方，你快點離開！」

喬伊斯淡淡地笑了，笑得非常燦爛。

他那湛藍色的眼睛，海洋般地包容了這個夢境裡的一切。與一切。

「鐵腕碎石機，剛剛你的主人命令你消失，你怎麼還不消失呢？」

喬伊斯看向鐵腕碎石機。

鐵腕碎石機也笑了，嘻嘻哈哈地笑了。

「主人，你毀滅了我一次，你的的確確讓我死了一次。」沒了雙手的鐵腕碎石機大笑：「但你比這個世界上的任何人，都還捨不得我消失呢！」

剛剛躺在血泊終的兩隻斷手，忽溜溜地鑽進了地上的爛泥堆底。罪惡的血肉，藉著污穢的石與土，慢慢地開長出了兩坨黑色的肉塊。

黑色的肉塊像是繭，兩個巨大的肉繭，肉繭的表面在夕陽餘暉下閃耀著血紅色的粼光，隱隱聽見噗通噗通的心跳聲，帶動著肉繭的伸縮膨脹，似乎有什麼東西在裡面慢慢地成長。

「我的弟弟喬洛斯，想做什麼，就做什麼。」

「他忽然想朝著老太婆的後腦扔石頭，他就扔了。他靈機一動想把狗埋了，他就想辦法去找狗。他覺得誰家的屋頂燒起來一定很好笑，他就爬上去點火。將來有一天他要是覺得誰少了一隻腳，單腳跳跳跳一定很好玩，他肯定馬上就去找鋸子。」

「這小小的綠石鎮，除了我的弟弟喬洛斯之外，每個人都有祕密。」

喬伊斯微笑，若無其事走過鐵腕碎石機身邊。

「有些人的祕密很可愛，比如說，才六歲的喬琪昨天偷吃了一大口媽媽剛剛烘好的蘋果派，八十七歲的摩爾奶奶偷偷暗戀了住在隔壁的傑克先生五十一年，最大的樂趣是在窗戶偷看傑克先生在門前睡午覺的模樣。至於我的妹妹恩雅，常常幻想自己是一隻貓頭鷹，可以整夜在樹上睜大眼睛。」

別克校長看著一派輕鬆的喬伊斯。

不知怎地，這孩子令他的背脊發冷。

「有些人的祕密則很糟糕，好比麥克醫生利用自己的職務之便，蠱惑了麗卡拍下一系列亂七八糟的照片，供他自己手淫。」

「或者是蒙特太太，根本就是麥克醫生洩慾專用的肉便器，她心甘情願懷下他的種，而非她那枯燥難耐的丈夫，每次偷偷想到自己女兒的體內擁有麥克醫生聰明又帥氣的基因，蒙特太太就會暗自竊喜不已。」

「又好比馬克太太，撇開她年輕時到處勾搭男人的艷史，她還在鄰鎮的醫院裡當護士的時候，非常享受暗地裡折磨那些臥病在床的老人，她在點滴裡搞出來的花樣，可不是惡作劇或開玩笑所能形容的呢。」

喬伊斯走到別克校長與鐵腕碎石機的中間。

「親愛的校長先生，越是想隱藏起來的祕密，就越是想偷偷寶貝它，不是嗎？」

喬伊斯纖弱的手拿著手槍，隨手朝其中一個肉繭開了一槍。

肉繭破了一個洞，流出黑色濃稠的血。

「……」別克校長目瞪口呆。

身為這個夢境的造物主，別克校長當然知道這兩個肉繭代表了什麼。

「別那副驚訝的表情，在這裡，你不需要表演驚訝給任何人看。」

喬伊斯笑笑：「面對你的祕密吧。」

肉繭像花苞一樣打開，黏答答的，走出兩個面容不善的赤裸黑人。

一個身材矮小精瘦，一臉獐頭鼠目，黑黝黝的陰莖像一把利劍。

一個高大如山，眼神渙散，顢頇笨重，下體像一管攻城大砲。

「主人，黑屌刺客就是在下。」矮小的黑人露出一口爛牙。

「嘿嘿嘿……我……呵呵呵呵，我就是……」傻大個兒笑得很白痴，眼睛不知道在看哪：「忘了穿衣服的黑魔鬼……這個名字眞的好笨喔……呵呵呵呵呵……」

別克校長當然當然當然知道他們是誰。

他們的樣子，完全就是他的想像。尚未付諸文字，僅憑想像力就模塑出來的怪物。

尖酸下流，痴傻愚蠢，都是渾身惡意的爛黑人。

「眞不愧是從我的身體裡長出來的，兩個小王八蛋！長得就是一副天生欠揍又到處亂幹人的臭樣子啊！」沒有了雙手的鐵腕碎石機吃吃地笑著：「不知道這一次你會怎麼消滅他們，不過在消滅他們之前，主人，你肯定會好好用他們大幹一場吧！哈哈哈哈哈哈哈！」

別克校長一步步後退，聲音已分不出是恐懼還是憤怒：「你們都不是眞的！你們都是惡魔種在我腦子裡的……蟲卵！壞思想的蟲卵！我奉主耶穌之名！驅趕你們！驅趕你們！」

喬伊斯失笑了。

那個笑容似乎意味著，如果這個世界上眞有惡魔，他也想好好見識一下。

可惜……

「親愛的校長，你對黑人的想像眞是可悲，表面上充滿了種族歧視，骨子裡，你卻對黑人渾身精力的刻板印象欽羨不已，你命令他們當壞人，到處強姦白人，只是想滿足你畸形的獸慾。」喬伊斯輕易地戳破別克校長的內心。

「我不是！」別克校長大吼。

「而你滿口高高在上的道德感，不過是你想像出來自己應該擁有的武器，才不得不把這些黑人處以極刑。你自以爲是在替青春期時暗戀的女孩復仇？喔不，校長啊校長，你只是非常遺憾，當年享受強姦那個女孩的人，並不是你啊！你就是不敢承擔那種充滿罪惡感的快樂啊！」

「主人眞的好邪惡！」鐵腕碎石機吐舌大叫：「我好榮幸！」

「我喜歡這樣的主人！太假了！太虛僞了！難怪可以創造出像我這種大變態！」

黑屌刺客很興奮。

「呵呵……呵呵呵呵……我們現在可以去強姦了嗎？」忘了穿衣服的黑魔鬼索性打起了手槍：「主人要一起嗎呵呵呵呵？」

「我不是我不是！」別克校長快崩潰了。

「不是？」

喬伊斯笑了：「這些年來，我在你的夢裡，看著你一點一滴從你的童年記憶，青春期掙扎，中年危機裡不斷榨取，取材與轉換，終於完成了你腦中的種族歧視大作，我可是看得津津有味。先說了，我可是沒有妨礙你的自由創作。」

夢？

別克校長激動不已：「你在胡說八道什麼！我已經很多年都沒有作過夢了！」

「你當然作了夢，而且每天晚上的夢都很精采，只不過都被我……吃了。」

喬伊斯舉起槍，架勢十足地瞇起眼睛，小小的嘴巴鼓起：「噗呲。」一邊朝別克校長扣下扳機。撞針擦出火星，子彈旋轉噴出，卻慢動作地越飛越慢。

子彈停在別克校長的眼前，像一顆金色發燙的糖果。

這顆糖果遲遲沒有落下，尷尬地保留在半空中，等待進一步的指示。

「你以為我控制了子彈，喔不，剛剛是你不由自主控制了子彈。」喬伊斯打量著別克校長的眼睛，繼續說道：「夢裡的一切都是你允許發生的，只不過，既然發生了，就發生了，我就有改造你夢境的，一點點的特權。」

「……改造？」

「是啊，你不覺得，將你那出色的幻想能力停留在你的保險箱，停留在你的腦袋裡，實在是太可惜了嗎？我們應該想辦法加以實現，讓這些醜得要命的老二怪物可以跑到綠石鎮大鬧一番，看看會發生什麼樣的事。」喬伊斯用孩子的語氣，說著極超齡的語言。

別克校長一時之間還聽不明白，只見喬伊斯左手一彈指，啪搭！

身後的鐵腕碎石機的斷手處，馬上啪滋啪滋地長出新的手，簡直就是卡通效果。

鐵腕碎石機樂不可支，雙手往胯下一抓，奮力抓出新的一大條火燙燙的黑陰莖。他大笑：「我就知道我不會就這樣完蛋的！主人！你的想像力源源不絕啊！就跟我的老二一樣，又粗又大的想像力啊！」嘴巴裡的牙齒當然也長了回去，一顆比一顆還尖，還嚇人。

「呵呵呵呵！」忘了穿衣服的黑魔鬼恰恰好射了出來：「呼嚕呼嚕呼嚕！」

「這麼厲害！簡直就是完全無敵了嘛！」一旁的黑屌刺客大聲喝采：「喂！金髮小子！我也可以這樣死了又死！死了又死！無限復活嗎！」

「當然，你們沒有眞正的血肉之軀，當然可以無限復活。」喬伊斯微笑，隨即看向別克校長：「只要你們的造物主每天吃得好，穿得好，睡得好，寄生在他腦袋裡的你們，就是永遠的存在。」

別克校長嚇得魂飛魄散，停在眼前的子彈糖果馬上摔在地上。

他明白了。

他明白了什麼。

喬伊斯點點頭，非常好。

「本來是想要讓你醒來後，跟其他人一樣，腦袋一片空白，忘了我們之間的對話。不過讓你一無所知，實在是太無趣了，畢竟你是造物主，在這場綠石鎮限定的派對裡，應該擁有更多的籌碼。不如，我們來增加一點樂趣吧。」

喬伊斯的藍色眼睛調皮地眨了眨，看著別克校長的眼睛，看著，看著……

「你醒來後，有權力記住這一切，但你只能靠自己的努力跟我對抗，別想放棄，也別想依賴別人。你有本事創造這一切，就應該有玩興跟我好好地玩，一起玩，一起玩，一起玩……」

26

「啊！啊啊啊啊啊啊！」

別克校長終於慘叫出來的時候，腫脹的下體已經給抽打出血來。

每一個幸災樂禍圍觀的鎮民也跟著驚呼。

渾身赤裸的別克校長，滿身老皺贅肉上的鞭笞傷痕都是喬洛斯的傑作，他一面慘叫，一面本能地跳進噴水池的水裡，將痛到快要燃燒起來的身體浸泡在水裡，眼淚與鼻水與口水一起大迸發，痛到無法控制。

這是怎麼回事？怎麼那麼多人在盯著自己？別克校長慘叫。

「哈哈哈哈哈哈！你的老二快要爆炸啦！你的奶頭也變紫色啦！眞好笑！」

喬洛斯嘻嘻哈哈，將手裡的樹枝往空中一丟，隨即溜得不見人影。

圍觀的數十個鎮民發現別克校長終於回復意識，卻不約而同陷入了尷尬的沉默。

在剛剛，沒有人出手阻止瘋狂的喬洛斯，也沒有人眞正跑去找威金斯警長或夏奇爾副警長前來幫忙，所有人都抱著看好戲的心態，捨不得離開，直到現在。

「校長終於醒了……我的天啊，他看起來一點也不好。」

「現在該怎麼辦？該送他去醫院嗎？」
「醒來了自己就曉得該怎麼做吧，我們還是別插手吧。」
「別克太太應該正在來的路上？剛剛有人來得及通知她嗎？」
「是我的話就趕緊裝作暈倒了。」
「沒錯，不然一定尷尬死了。唉，我們還是別看下去了吧。」
別克校長在大家的集體注視下，當然感到無比窘迫，耳朵都快燒起來了。在這小鎮最高教育者的驕傲一生裡，這個老頭子絕對想像不到平常總是在教訓別人的自己，會落到這種局面。
驚魂未定的他泡在噴泉水裡，意識還無法完全從剛剛的惡夢中回復過來。
「別克校長，你還好嗎？」蒙特先生勉強問了這麼一句：「需要送你去醫院嗎？」
「……」別克校長想開口，卻只聽到自己的牙齒打顫聲。
他無法回話，手裡不知爲何拿著一把湯匙，連視線都無法穩定下來。
湯匙？哪來的湯匙？
剛剛那一個地獄夢境是怎麼回事？自己貨眞價實拿著槍對準太陽穴扣下了扳機，也的的確確墮入地獄面對自己種下的惡果，爲什麼還會在……這個可怕的綠石鎮醒來？

手槍呢？

用來自殺用的槍不見了，只剩下手裡這把莫名其妙的湯匙，以及被惡童亂搞出來的全身鞭傷。難道，自己並沒有確實自殺成功嗎？

爲什麼醒來前的那一個夢境，比起現在，感受更爲激烈恐怖呢？

其餘圍觀者心知肚明現在的關心只是一種折磨，議論紛紛的鎮民摸摸鼻子，連再見也省下了就迅速散去，讓嚴重出糗的別克校長別那麼難堪。

還喘著氣，坐在噴水池裡的別克校長看著對面的大樹下，悠悠醒轉的喬伊斯。

一頭金髮、滿臉稚氣的喬伊斯，揉揉眼睛，睡眼惺忪地看著別克校長。

所有看熱鬧的人都走光了。這裡，只剩下他們倆。

「……」別克校長分不清楚，剛剛夢境裡與喬伊斯的對話，到底是怎麼一回事。

是夢？

還是，不是夢？

不是夢的話，那剛剛正在對話的他們，難道眞的是在地獄嗎？

「……」喬伊斯回看別克校長，嘴角淺淺上揚，似笑非笑。

別克校長呆呆地站了起來，手中的湯匙掉落。

只是一個眼神接觸，他已經知道了。

眼前這個年僅九歲的小孩，是一個，魔鬼。

剛剛經歷超現實的一切，果然是真的。

這個小魔鬼不知道用了什麼方法，偷偷進入了自己的夢境，看光光了這幾年來醜陋不堪的祕密，也偷窺了他的扭曲幻想。雖然不曉得這個魔鬼的最終目的到底是什麼，不過，這一陣子綠石鎮所發生的一連串古怪的犯罪事件，肯定都跟他有關。

「喬伊斯，你……」別克校長赤身露體地走向喬伊斯，拳頭緊握。

是恐懼。

也是怒氣。

喬伊斯微笑，一臉天真無邪：「親愛的校長，你被我弟弟打成這樣，還不回家穿衣服嗎？」

如此若無其事的回答，讓別克校長頭皮發麻，更加印證了他的猜測。下一瞬間，這個失控出糗的老人卻笑了出來——這是一種，人類在面臨極端恐懼時所產生的逆向反應。

「魔鬼，我不知道你的名諱，別西卜？撒旦？我想都不重要吧。只是對一個連自殺都敢的人來說，你不覺得，你讓我醒來，實在是太冒險了嗎？」別克校長笑得連自己都覺得很心虛，全身上下焦灼劇痛的傷痕，都在提醒他所遭受到的侮辱。

這個老頭絕對願意，就在這個風和日麗的下午，將這個小孩的脖子當街扭斷。殺了他，再自殺一次！

「這種鬥志非常不錯呢校長。」喬伊斯露出潔白的兩排牙齒：「請繼續保持喔！」

「我先殺了你，然後再去見上帝！」

面紅耳赤的別克校長大吼，奮力伸出雙手，一股探向喬伊斯細細的頸子。

27

眞不曉得怎麼發生的。

奇特的壓迫感籠罩著赤裸裸的別克校長，他發現自己身處一條幽長的走廊之中。

這條不見盡頭的長廊，並不存在自己過往的任何記憶裡，也不是自己曾經擁有的想像力所能虛構出來的超現實場景。

帶著高度警戒，別克校長環顧四周，這條彎彎曲曲的長廊是很多很多的小房間所組成，甚至天花板上面、地板下面，都是一間又一間的房間，每個房間，其門的大小、門板的顏色、門把的樣式通通都不一樣，擁擠相疊的結果，就構成了一條宛若隧道的長廊。

每個房間的門後，都透著些許聲音。

說話聲，音樂聲，吵架聲，洗碗盤聲，洗澡聲，笑聲，哭聲，竊竊私語聲。

「攻擊我，也算是一種正面的對決。」

不知如何出現的喬伊斯，腳步輕盈地走在別克校長的前面，像是熟門熟路地領著他：「只不過，這一點也不聰明就是了，校長先生。」

前一秒鐘還想掐死喬伊斯的別克校長，此時卻不由自主地跟著喬伊斯的腳步。

他的腦中有太多複雜的情緒與思考，都被巨大的迷惑給壓制住，別克校長想弄清楚這一切，意識卻停止眞正的思考，因爲他彷彿知道，所有的答案都散落在眼前，想把這些答案拼湊成一個完整的圖像，就得遵循某種正在被創造出來的規則。

「整個綠石鎭的祕密都在這裡了，通通都藏在這些房間裡。」

喬伊斯笑吟吟地解說：「這些小小的房間，通往所有人的腦袋，一開始只是夢，但如果你善用這些房間，就可以通過夢，去創造很多很多有趣的遊戲。」

「我不懂你在說什麼……」別克校長感到窒息。

「放心吧校長，這個鎭上，不只你一個人擁有不能說的祕密。」

喬伊斯隨手打開一個房間，回頭笑道：「去享受一下別人拚命想掩蓋的寶藏吧。」

別克校長不由自主地，茫然地，走進那一個煙霧繚繞的房間。

28

「……」

別克校長發現自己正泡在浴缸裡，周圍一片濕潤潤的煙霧繚繞，而熱水還持續地注入浴缸裡，第一道視線，就落向掛在浴缸邊緣的腳趾上。

不用細想，就知道這裡並不是家裡的浴室。

想弄清楚這裡是什麼地方，別克校長小心翼翼在熱水裡起身，只一個動作，便覺得相當輕盈，更發覺剛剛鞭笞在身上的強烈痛楚消失得無影無蹤。

不需要刻意走到鏡子前，別克校長就很清楚，這不是他的身體。

這個活力十足的身體比他自己還要高，還要壯，胸毛的顏色淺了些，更年輕許多。

戒慎恐懼地走下浴缸，在洗手臺前，他把瀰漫霧氣的鏡子一抹。

夏奇爾。

夏奇爾副警長，就是這個年輕身體的主人。

別克校長呆呆地捏著夏奇爾的臉，看著鏡子裡的眼睛瞪著自己，那對眼珠子無比陌生，伸出舌頭，想著舌頭朝左，舌頭便朝左，轉了轉頭，點了點頭，意識到哪身體就如何回應，肩頸的肌肉一點也不痠痛，跟原來的自己一點都不一樣。

天啊，自己的靈魂竟然莫名其妙跑到夏奇爾的身體裡……就在自己進入了那一個充滿熱氣的房間以後？

不，不是莫名其妙。

是喬伊斯。

那個寄居在小孩身體裡的魔鬼，施了惡毒的魔法，把自己的靈魂打進夏奇爾的軀體。依照他那得意洋洋的描述，那個長廊裡的每一個房間，似乎都代表著每一個綠石鎮鎮民的意識，而剛剛自己進入的房間，就是夏奇爾的腦袋。

他在鏡子前打量「自己」許久。如果自己的靈魂真的跑進了夏奇爾的身體，那麼，現在夏奇爾人呢？或者應該說，夏奇爾的靈魂跑到哪裡去了呢？

「夏奇爾？」別克校長瞪著鏡子裡的臉，專注地想跟夏奇爾的靈魂對話：「夏奇爾？你還在嗎？你……你在哪？你……死了嗎？你聽好了，如果你也在的話，想辦法讓我知道，我們該怎麼辦！」

聲音聽起來像是夏奇爾沒錯，但真正的夏奇爾並沒有搶著用同一副喉嚨回答他。

慘了，這下該怎麼解釋好呢？

他胡亂拿起毛巾擦乾身體，一邊想著該怎麼回家跟老婆解釋自己爲什麼跑到夏奇爾的身體裡，才不會被當成瘋子。別克校長想著，一定得說一些只有他們老夫老妻才知道的超級小祕密，他那呆板又嚴肅的老婆才有機會相信。

不，這一切實在是太離奇也太離譜，說不定他老婆只會覺得，這一切只是他跟夏奇爾串通好的惡作劇吧。

「洗好了沒啊，該不會是在裡面睡著了吧？」浴室門外傳來女人的聲音。

別克校長心驚了一下。他忘了自己在回家之前，還得先跟夏奇爾的老婆解釋這一切，喔不，別談怎麼解釋了，自己根本就不明白這一切到底是怎麼發生的，又如何解釋起呢？

一想到夏奇爾的老婆在浴室門外等著自己出去，苦惱的別克校長，實在忍不住……

勃起了。

這種下體異常堅實的感覺，已經好幾年都沒有過了。

別克校長打量著夏奇爾粗大的陰莖。

這些年，自己的老婆在性生活上幾乎成了寡婦，以彼此的年齡來說，似乎並不需要抱著太哀悼的心情來看待這種發展。不過別克校長的慾望並沒有眞正消退過。

別克校長知道，在公平的歲月催蝕下，自己的身體是嚴重老化了，可是他對性的渴望並沒有隨著陰莖的軟化而喪失。結婚三十多年了，他的老婆老了，彼此的性吸引力早就沒了，他可以理解，並且也跟所有人一樣接受了，可是自從他偷偷開始書寫那本關於鐵腕碎石機的爛小說後，他發現，每當寫到鐵腕碎石機是怎麼強姦那些白人淑女的時候，他都會勃起，然後射精。他感到意外，卻是非常愉快的意外，他的身體竟然還承受得了那種關於性的能量。只是別克校長知道，以他的身分地位，是不可能去召妓，也不該冒險嘗試發展婚姻之外的親密關係。坦白說，也沒什麼機會就是了。

現在，他的下體，或者說夏奇爾的下體飽滿充血，高高挺起。這種上舉的角度與硬度，即便是最年輕氣盛時的自己也不見得擁有過。眞不愧是平時很花時間努力鍛鍊身體的副警長啊，年輕眞好。

別克校長抬頭，看著鏡子裡的夏奇爾。

夏奇爾正看著自己。

別克校長感到喉頭發熱。

「夏奇爾……這是你的身體。」別克校長艱難地說，眼角卻飄著一絲絲笑意。

夏奇爾沒有應聲。

於是別克校長吞了口口水，自說自話：「說穿了，也不過是你本來就會做的事，不是嗎？我只是……稍微代勞一下。」

夏奇爾還是沒有應聲。

他到底是有聽到自己說話，還是意識暫時消失了呢？

別克校長此時想到了一個非常重要的問題。

他的靈魂跑到了夏奇爾的身體裡，那麼，夏奇爾的靈魂會不會也跑到他的身體裡面了呢？如果夏奇爾跟他莫名其妙交換了身體，這種交換是暫時的嗎？還是永久？

還是，夏奇爾的靈魂，從此消失不見？

「我們，徹底交換了嗎？」別克校長怔住，摸著自己的五官。

想知道答案的話，就得再去找一次喬伊斯。

或者，至少回家……或者回到鎮中心的噴水池找一下「自己」。

此時，門外的聲音又傳來：「你到底還要洗多久啊你！知不知道時間寶貴啊！」

別克校長身子一震。

他停止思考，任憑原始的慾望帶領著他，打開浴室的門，走向走廊那一頭的臥房。

夏奇爾的太太，雖然不是多漂亮的一個女人，但很懂得打扮，肯花時間妝點自己。有幾次在教堂做禮拜的時候，別克校長都正好坐在她的旁邊，他還記得她刻意灑的香水，是玫瑰的濃郁氣味。每次在鎮上恰巧相遇，他總會藉故多跟夏奇爾太太說幾句話，關於天氣，關於教育，關於聖經裡的幾句話……好享受那一股混雜著女人汗水味道的玫瑰香氣。

就在等一下，他就可以一親芳澤，將他的鼻子放在夏奇爾太太的頭髮裡，狠狠地將玫瑰香氣吸一個飽。然後，夏奇爾平常該做什麼，他就做什麼，這是他的身體，他的陰莖，他的老婆，這裡發生的一切，都是天經地義，都是世道公理。

房間裡，只有床邊暈黃的檯燈是亮的。

別克校長倒抽一口涼氣。

「小小夏奇爾，倒是挺有精神的嘛！」

躺在床上咬著手指等他的，並不是夏奇爾的太太。

是雪莉。

夏奇爾副警長的助手，尚恩的老婆。

從來沒有到過夏奇爾家裡作客的別克校長，一頭霧水地挺著陰莖。

這裡，竟然不是夏奇爾的屋子，而是尚恩他家吧？

看著比夏奇爾太太更年輕更漂亮更……更浪蕩的尚恩妻子雪莉，全身赤裸地躺在床上，眼神媚惑地看著自己，別克校長瞬間就明白了一切。

「死傢伙，你到底還想讓我等多久？」

雪莉伸手握住別克校長……喔不，是夏奇爾的陰莖，熟練地將他拉了過去。

別克校長感覺到一股濕潤的溫熱，牢牢囚禁住他的老二，所有的迷惘都消失了。

他閉上眼睛，用力抓著雪莉的頭，任憑慾望主宰了屁股前推的力道。

前頂！

前頂！

前頂！

夏奇爾，你他媽的這隻表裡不一的豬！豬！

堂堂副警長，鎮上的最高執法者之一，竟然在暗地裡玩弄下屬的老婆！

還有妳！雪莉！妳這個無恥的蕩婦，竟然沒有爲了丈夫的顏面著想，跟丈夫的上司亂搞在一起，妳的丈夫平常肯定對夏奇爾唯唯諾諾的，結果呢？結果妳竟然自甘墮落任夏奇爾如此擺佈！平常妳在床上對丈夫有多浪，對夏奇爾肯定就更下賤！

可惡！太可惡了！我竟然還爲了掩蓋自己的祕密羞憤得想自殺，沒想到評斷我的竟然都是你們這些無恥之徒！可惡！可憎！可恨！可恥！看我今天怎麼狠狠把妳幹死！身爲校長！我要在床上幫妳上一堂貞節的課！

別克校長用力推倒雪莉，她大字型地摔在床上。

他的下體，都是這個女人骯髒的口水。

「你今天好像有一點不一樣呢……親愛的！是不是我家那口子惹你生氣了？」

頭髮凌亂的雪莉咬著手指，好像習慣了嘴巴裡一定要有東西含著似地。

「妳叫我，親愛的。」別克校長扭扭脖子，扭扭陰莖。

雪莉眼神火熱地看著他。今天英俊挺拔的副警長，特別來勁。

「接受懲罰吧，淫婦。」

別克校長挺起夏奇爾的陰莖，衝向久違的床！

29

射精的前一刻，別克校長本能地閉上了眼睛。

能夠好好教訓這一對奸夫淫婦實在是太好了！太有道德快感了！

他感覺到陰道極速收縮，激烈蠕動，呑吐著他硬到快要爆炸的陰莖。

越抽插，就越濕潤，好像整條陰道都快要被他的狂幹給扯碎。

衝刺！衝刺！最後衝刺！

射精的那一瞬間，他急速張開了眼睛，感覺到全身的精氣就要揮灑殆盡的時候，別克校長看見自己正對著一副垂垂老矣的女人身體挺舉屁股，將熱辣辣的精液通通射出。

而這副老女人的身體……

正是自己的老婆！

「啊啊啊啊啊啊啊啊啊啊啊啊啊！」別克校長驚恐大叫。

當他往後摔跌的時候，他火燙的陰莖一拔出，陰道馬上噴洩出大量的血水。

躺在餐桌上的別克太太兩腿開開，血流如注。她一臉鼻青臉腫，鼻子都歪了，而且是一百八十度地歪掉，其中一隻眼睛還給打凸了出來。嘴巴裡一顆完好的牙齒都沒有，因爲她正含著一把鐵鎚。

「呵呵呵呵……眞的很爽吧老大。呵呵，嘻嘻……呼嚕呼嚕……」

戴著護頸的威金斯警長站在一旁，用大拇指跟他比了個讚。

威金斯警長渾身精赤，肥大的下體正在滴血。

別克校長呆呆地看著這一切。

這裡是自己家。自己家裡的客廳。

而結髮多年的妻子，剛剛經歷了一場慘無人道的怪物級輪暴。

「黑屌刺客……忘了……」別克太太口齒不清地喃喃自語，嘴裡的鐵鎚滑落。

「忘了穿衣服的黑魔鬼！」威金斯警長比了個弱智的勝利手勢。

別克校長大叫。

這一切到底是到底是到底是！

「老大！先閃了！呵呵呵呵呵！」

一絲不掛的威金斯警長笨拙地從後門跑出他家，留下不斷抱頭慘叫的別克校長。

這一夜，別克校長終於眞正見識到了想像力的恐怖。

那是一種，自己的左手將右手硬生生剁成肉醬的痛苦。

30

「怎麼感覺你今天特別奇怪，從你一來找我就顯得心事重重。」

躺在床上，雪莉被操到無法動彈，連一根手指都懶得動。

夏奇爾的確非常煩惱，也很困惑。

剛剛他大概是在浴缸裡不知不覺睡著的，醒來時竟然正在射精。是，趁尙恩被自己命令在街上巡邏的時候，偷偷跑過來搞一下雪莉，這本來就是他打算做的事，這一部分毫無反省。只是毫無做愛過程的記憶，讓他感到很不安。

從雪莉的反應看起來，自己的表現挺不錯的，甚至比平常做的功課都還要好。但自己的腦子裡爲什麼會一片空白呢？

不過比起這個，夏奇爾眞正心煩的，是馬克太太陰道分泌物的檢驗報告已經出來了。資料上顯示，當天晚上性侵馬克太太的凶手，正是大胖子尤比，以及小肯尼。馬克太太死前的指證無誤。

這眞是太匪夷所思了。凶嫌不曉得從哪裡弄來那兩個小伙子的精液，再將精液抹入馬克太太的陰道裡加以陷害。無論如何，小肯尼與尤比完美無瑕的不在場證明，應該交由法院來審理，在那之前自己還是必須依法先逮捕小肯尼與尤比。

然而，就在明天，安妮陰道裡的殘留精液，其檢驗報告也會接著出來。

自己當然沒有性侵安妮，尚恩也沒有性侵安妮，彼此都是彼此最好的不在場證明，事實就是最完美的辯護。可是，心裡怎麼會有一股難以平復的不安呢？

在豪斯醫院製作筆錄的時候，安妮歇斯底里地控訴自己跟尚恩，就是輪姦她的凶手，那種悲憤的模樣，那種瘋狂的神態，眼睛裡的那種恐懼，是如此的具體，如此張牙舞爪。縱使自己非常無辜，卻還是被安妮的指控給影響了。

「喂……我說親愛的，你再不去街上巡邏的話，誰去換我老公回來操我？」

雪莉慵懶地看著滿臉愁容的夏奇爾。

這個毫無耐性的婊子。夏奇爾慢慢起身，把褲子穿上，把制服穿好。

他將襯衫上的鈕釦一個個逐一扣上的時候，手指還會微微顫抖，剛剛的床上大戰好像激烈到整個人都虛脫了，說不定就是一口氣衝刺得太猛烈，才搞得自己恍恍惚惚的吧。

綠石鎮的惡夢，好像，會比想像中的還要漫長……

31

牧師剛剛替雙手雙腳都被綁在床上的蒙特太太禱告完，表情非常凝重。

蒙特太太一點也沒有掙扎，眼神清澈地看著牧師先生。

「牧師，我眞的沒有發瘋，請你一定要救救我……」

「蒙特太太……」

「不要叫我蒙特太太，我明明就嫁給了麥克，爲什麼沒有人相信我？」

「這是關於麥克醫生的新聞報導，妳看看那天晚上的悲劇……」牧師拿出從圖書館拿來的新聞剪報。

「我看了，我完全不相信，而且那個叫瑪麗的女孩跟我一點關係也沒有。是，她很可憐，我也爲她的遭遇感到很難過，但牧師，眞的，我眞的需要離開這裡去找麥克，我必須好好跟他商量。我被綁架了，他一定很擔心！」

「麥克醫生已經死了。」

「你是說，像那篇亂寫的報導說的那樣，他把他自己的頭扭了下來，所以死了？」蒙特太太一臉嗤之以鼻。

「……恐怕是的。」牧師嘆氣，將一杯熱水遞給她。

蒙特太太說話的語氣雖然有些激動，可是距離歇斯底里有很大一段距離，或許是她最不可理喻的時期已經過了的關係吧。她看起來越來越冷靜，但牧師跟鎮上每一個人都知道事情的眞相，看似正常的蒙特太太一點也不正常，她急需要幫助。而蒙特先生非常可憐。

「威金斯警長知道我在這裡嗎？」蒙特太太喝了一口水，瞪著他。

「知道。」牧師大概知道她想說什麼了。

「我不相信警長知道一個鎮民被綁架了，竟然還能視若無睹，我不相信！」

「我明白妳的意思了，晚一點我會去找威金斯警長過來一趟。」牧師安撫：「從他嘴巴裡說出來的話，相信妳也會更信服，更放心。」

「放心？在這裡？」蒙特太太惱怒不已：「牧師，至少我有權利找一個自己的律師吧？」

「是。」

「我不屬於這裡，我要找律師，我要告保羅．蒙特。你知道他竟然用濕毛巾幫我擦澡嗎！他這是性侵！我第一個就要告他！如果牧師你也袖手旁觀，我也要告你，一定有什麼法律給我權利這麼做！」

「妳好好休息。律師的事，我會好好跟蒙特說。」

牧師持續聽著蒙特太太憤怒地抱怨，一邊觀察她的精神反應。是否該向梵蒂岡的最高教會申請，爲蒙特太太進行正式的驅魔儀式？魔鬼附身在人身上有幾個特徵，比如展現超乎尋常的怪力，說出從來沒有學習過的語言、甚至是古代語言，對神聖的事物產生排斥感，周遭產生非自然現象等等。

而牧師剛剛將在教堂祝福過的聖水，默默地加在那杯熱水裡，令蒙特太太喝下。結果沒有任何反應。沒有痛苦，沒有呻吟，沒有口出詛咒惡毒的語言。什麼都沒有。

比起惡靈附身，蒙特太太比較像是精神嚴重崩潰後的記憶錯亂。她需要的不是律師，而是精神科醫生，以及丈夫有耐心的長期呵護陪伴。

牧師安慰了蒙特太太幾句，就下樓了。

樓下客廳裡，蒙特先生正在擦拭他那把打獵用的來福槍。

「怎麼在整理槍？」牧師坐下。

「明天晚上，大家說好的班表，輪到我去保護透娜。」蒙特先生看起來雖然很疲憊，但眼神透露出一股堅硬的決心：「雖然我很憎恨麥克，但怎麼想，他雖然不堪，卻不致於做出這種事，靜下心來想，那樣的暴行根本不可能。」

「那晚目擊者很多。」

「我知道，但……」蒙特先生擦拭著槍管，目露凶光：「最近我都在祈禱，眞正的凶手還未死去，就當作眞凶是邪靈吧，是，我就當是邪靈，我希望能有再一次殺死他的機會，用我這把槍，親手爲我死去的女兒復仇。」

牧師能夠理解，但他還是得說：「我剛剛給你太太喝下了聖水，她一點反應也沒有。」

「……不是我想取笑你，但牧師先生，會不會是經你祝福過的聖水威力不夠呢？」蒙特先生認眞地說：「或者，附身在我太太身體裡的魔鬼，牠的力量太過巨大呢？我認爲，我們應該一邊爲我太太準備正式的驅魔儀式，一邊獵殺隨時都可能去傷害透娜的魔鬼。」

「我會認眞考慮的，但驅魔儀式必須向梵蒂岡教會申請，並蒐集相關證據。」

牧師當然想起了別克校長口中的「鐵腕碎石機」。

這幾天牧師開始認眞尋找別克校長提過的這本小說，然而不僅鎮上所有的圖書館都沒有看見類似題材的書本，就連打電話請託了幾個教會的朋友，在鄰近的幾個郡圖書館也沒能找著。照道理說，不管是內容多麼糟糕的小說，遭受過什麼樣的輿論抵制，都不可能完全從這個世界上消失才對。

牧師已經商請朋友在更大的城市裡詢問圖書館，詢問老出版社，詢問幾個文學院的老教授，總之嘗試所有的管道將那本關鍵的舊小說找出來，說不定能夠搜尋到什麼線索。

「還有你聽說了嗎？別克校長的老婆昨晚被送進醫院，被打得很慘。」蒙特先生擦著槍，抬起頭。

「是，據說傷得很重，暫時還無法說話。這個小鎮眞是多災多難。」牧師可是消息靈通人士，至於被性侵這一部分，牧師沒有細想就決定不提了。

牧師爲自己倒了一杯熱咖啡。

他心想，這些日子以來鎮上發生了很多不好的事，人心惶惶，而馬克太太的喪禮過三天就要舉行，到時候鎮上的居民齊聚一堂，自己得認眞準備一番慰藉人心的禱詞，讓亡者安息、生者安心才行。

蒙特先生停止擦槍，緊繃著一張臉。

「我的女兒，馬克太太，安妮，再來是別克太太，老實說，我一點都不相信這是巧合，或是有什麼外來的連環凶手躲在我們小鎮上施暴，那樣的說法實在是太可笑了，我們小鎮哪裡可以躲人？牧師先生，你心知肚明，眞正的魔鬼來到我們鎮上了吧？」

「……」

蒙特先生非常嚴肅地說：「很抱歉剛剛說了那些令你洩氣的話，但還是請你祝福一下這些子彈，我相信在關鍵時刻，神聖的子彈還是……」

「我知道，希望能幫得上忙。」

牧師對著桌上的幾排子彈，打開聖經，開始認眞地祝福與祝禱……

32

徐徐的暖風吹進一排排的玉米田，再飄出來時已帶著甜甜的熟穀氣味。

當牧師先生爲這個小鎭陷入奇怪的混亂而犯愁時，他那邪惡的兒子喬洛斯依然故我。

每一天，喬洛斯都是綠石鎭最忙碌的人。

兩個小時以前，喬洛斯從肯尼家偷了半桶蜂蜜，淋在辛蒂太太她那剛滿週歲的嬰兒身上，再把那可憐的孩子偷偷丟在草地上，讓螞蟻爬滿他全身上下，最後辛蒂太太找到她的寶貝孩子時，那嬰兒已經被螞蟻咬到全身紅腫過敏。

辛蒂太太當然沒有喬洛斯幹下這件事的證據，但辛蒂太太一尖叫，誰都不會相信這麼糟糕的事竟然是喬洛斯之外的人做的。

而剛剛喬洛斯趁獨居的八十歲派翠克老先生在睡午覺，偷偷潛進去屋子裡，將他五花大綁在床上，還塞了襪子在他的嘴裡，只因爲喬洛斯很想知道究竟要過多久，這個小鎭才會有人發現派翠克先生消失了呢？

跟鎭上的每一個人一樣，喬洛斯當然也作夢。

喬伊斯當然也偷光了喬洛斯所有的夢。

喬洛斯連在夢裡都在放肆玩鬧，平日呼呼大睡的喬伊斯也跟著進入喬洛斯的夢裡，一起盡情翻天覆地。在喬洛斯的夢裡，完全都沒有任何大人出來阻止，所有的大人通通都是受害者，沒有制裁者，顯現出喬洛斯完全不把這些大人的伎倆看在眼底的潛意識。

喬伊斯覺得，喬洛斯是這個世界上，最眞誠的人。

他想做什麼就做什麼。

這個鎭上有太多人會在喬洛斯大鬧的時候，用權威，用教條，用道德，甚至是用大人的暴力去阻止喬洛斯的行爲——這些大人的反應，不只是約束，也不是矯正，而是強迫喬洛斯進行一種只是滿足懲罰者威權慾望的假反省。

喬洛斯越壞，他們的處罰就越正確，而負責施行規訓的他們也就越神聖。

但，喬伊斯對那些大人的認識，比他們彼此認識的，還要深入，還要深入，還要深入。比起那些大人的矯揉虛僞，我行我素的喬洛斯根本就是太好了解，太好預測，太好相處，完全不掩飾自己想要大吵大鬧的本質。

眞幸運，這個世界上最眞誠的人，就是自己的雙胞胎弟弟。

眞想看看喬洛斯長大之後，這些大人還能不能用同樣的方法，甚至是更厲害的方法，去阻止喬洛斯呢？還是，喬洛斯能夠成長到，讓所有的大人都完全拿他沒輒的程度呢？

畢竟喬洛斯真的是這個世界上，最不能擁有核子彈的人呢！

「喬洛斯，你長大以後想做什麼？」玉米田邊的大樹下，喬伊斯咬了蘋果一口。

喬伊斯將蘋果遞給喬洛斯。

「想做什麼就做什麼啊！嘻嘻！哈哈！」喬洛斯吃了好大一口蘋果。

喬洛斯將蘋果遞還給喬伊斯。

「有想過統治世界嗎？」喬伊斯隨口提議。

「我才不想，我才不想統治世界嘻嘻。」

喬洛斯笑得很賊，手裡拿著一副不曉得打哪偷來的全套假牙：「我想整天跟統治世界的人作對！搗蛋！哇哈哈嘻嘻嘻嘻，一定很好笑！哈哈哈！我最喜歡看到那些笨蛋驢蛋烏龜蛋崩潰哭哭的表情了哈哈哈哈嘻嘻嘻嘻！」

「很好的願望呢。」喬伊斯感到欣慰。

從小就立志統治世界的人最無趣了，幸好自己跟弟弟都不是那種正經八百的貨色。

「喬伊斯，你就放心睡覺吧！我不會讓任何人吵你睡覺的哈哈哈哈！」喬洛斯嘻嘻。

「那就交給你了，喬洛斯。」喬伊斯微笑。

輕輕地睡了。

33

平靜，不再是用來形容綠石鎮的正確語詞。

別克校長的家門口，簡簡單單地拉起了一條黃色封鎖線。鎮民在封鎖線外議論紛紛。

蒐集微物犯罪跡證的人員剛剛離去，留下一堆貼五顏六色的筆記貼條。

威金斯警長還是挺著肥大的肚子，在一片凌亂的犯案現場走來走去，想像著施暴的過程。

這裡眞是一片亂七八糟，而且是沒有必要的亂七八糟。

別克太太都幾十歲的人了，在鎮民眼中一向是氣質閒定，絕非粗聲粗氣的人，要強姦這麼柔弱的她，何必把這裡破壞得這麼亂呢？客廳的沙發被撞翻，茶几被打裂，所有精緻的紀念擺飾都被撞落在地上，大概就是別克太太被歹徒用奇怪的姿勢強暴了很久，一路在家裡橫衝直撞地亂搞，一種洩恨式的概念。

唉，眞可憐了別克太太，自己跟她以前一起學過幾個月的國標舞，是彼此的舞伴，也算是很熟的好朋友了，結果她被暴徒打到住院，威金斯警長忍不住搖頭。

別克校長一直瞪著威金斯警長的影子，沒有要把頭抬起來的意思。

「別克，妳太太有沒有看清楚對她施暴的人？」威金斯警長用力揉著肩膀，皺眉。

話說今天早上一醒來，眞是全身痠痛，好像用夢遊的姿勢偷偷跑了一場馬拉松一樣，讓原本就還沒完全好起來的脖子更加僵硬了。更誇張的是，下體竟然紅腫如核桃，陰莖被連續手淫了十幾次那樣，龜頭發炎，尿道灼熱刺痛，而自己卻一點也沒有夢境的印象。

威金斯警長忍不住感嘆，歲月這種東西眞是不能小覷，一受個傷，才剛剛以爲快要痊癒，許多莫名其妙的怪毛病卻忽然跑出來了。

「……這點，請等她能夠好好說話時，再由她說清楚吧。」別克校長鐵青著臉。就是你。

那個強姦我太太的王八蛋就是你。

「有些問題是例行必問的，這些相信你都理解的，別克。」

「你儘管問吧。」別克校長看著威金斯警長的褲襠。

發臭吧，腐爛吧，燃燒吧，你這條應該掛在畜生身上的爛老二。

自己能鑽進夏奇爾的身體裡，去抽插雪莉的肉體，別人，或者是，別的靈魂，當然也可以趁機跑進不屬於他的身體裡，去做一些更瘋狂的事而完全不需要負責。那些所謂別人，甚至可以是完全鬼扯虛構出來的靈魂……鐵腕碎石機，黑屌刺客，忘了穿衣服的黑魔鬼……

眞是諷刺。

那些被自己創造出來的爛角色，最後就連身爲造物主的自己的身體也被侵入了，威金斯警長的老二也被侵入了，想必，那一天晚上失控的麥克醫生也是同樣無辜的吧。

但知道了又怎樣，自己能做什麼呢？

上一次想自殺的時候，自己全身脫光光跑到噴水池旁邊。

再一次想殺死喬伊斯的時候，自己卻跑進夏奇爾的身體裡。

想自我毀滅，或是想殺死非常可疑的喬伊斯時，就會發生很恐怖的事。

毫無疑問，這是一種埋在潛意識裡的指令，是一種催眠。

——喬伊斯用神祕的手法操控了一切。就如同喬伊斯自信十足地向他展示了那些由無數小房間所構成的幽暗隧道，那裡，似乎是這個小鎮祕密的總集合。

一個九歲大的小孩，如何能夠擁有那樣的力量，除了惡魔賜予外沒有合理的解釋。自己是不可能與他對抗的，就連自我毀滅的權利都被剝奪……

「案發的時候，你不曉得你人在哪裡，你剛剛是這樣跟夏奇爾說的吧？」

「我睡前喝了酒，睡得特別沉。」

「據說昨天下午你一絲不掛走在廣場噴水池那裡，那又是怎麼一回事啊？」

「這跟昨天晚上發生在我太太身上的事，有什麼關係？」

「例行詢問呢別克。」威金斯警長的語氣帶著官腔的歉意。

別克校長的拳頭不由自主握緊。

「我不知道，一樣，我喝了酒。」

「我沒聽說過你有酗酒的問題，每次去酒吧也沒碰著你，還是酗酒是最近的事？」

「我沒有酗酒的問題，我只是說我喝了酒，如此而已。」

「遇到什麼麻煩了嗎？」

「最近這個鎮上很不平靜，每個人都感到煩惱吧。」

「你有過短期記憶喪失的記錄，好吧，是老年痴呆的類似症狀嗎？」

「你懷疑傷害我太太的人，就是我自己是嗎？」別克校長瞪著威金斯警長。

該死的，就是你。

你這頭肥豬跟你那條被詛咒的老二也有份。

雖然你一點印象都沒有，但少在那裡一副置身事外的表情。

「你誤會了別克，我只是想在報告上好好註記一下，爲什麼歹徒在你家一樓餐廳行凶，但你人明明就在樓上卻沒能即時發現啊。老兄，除了喝酒令你意識不清，我還需要寫些什麼嗎？」威金斯警長盡量表現得有耐性，去彌補他低落的同理心。

「……我連我自己是怎麼睡著的，幾點，是不是在床上，都沒有印象。」

「唉，其實，說不定你睡死了也是件好事，看現場弄成這樣，歹徒要不是瘋的，就是做好了隨時殺人的準備，別克啊，昨晚你要是下樓了，搞不好會發生更無法挽回的事。我這麼說你可別介意。」

威金斯警長看著餐桌上怵目驚心的血跡，心想，血流成這樣，別克太太的陰部肯定被搞到無法繼續使用了吧，眞慘。不過那些強姦犯從年老色衰的馬克太太一路強姦到毫無姿色可言的別克太太，還能夠把現場強姦成這麼壯觀，未免也太有興致。

「……」別克校長不置可否。

「放心吧，我們一定會逮到那個強姦你太太的惡棍。」威金斯警長抖了抖褲帶。

「有勞了。」別克校長雙手緊抓著頭，幾乎要將爲數不多的頭髮給扯了下來。

威金斯警長繼續在案發現場走來走去，隨意丟出幾個看似不著邊際的問題。

別克校長有氣無力地回應，而夏奇爾則在一旁沙發將剛剛的問答整理成正式的筆錄。

別克校長有時會瞥眼看著夏奇爾副警長。

這個虛偽的傢伙，竟敢一本正經地在這裡裝出一副警務人員的嘴臉，沒有人看見的時候，你這王八蛋倒是挺樂的嘛，故意出公差叫下屬去忙，然後趁機亂搞下屬的老婆，一直搞，一直搞，一直搞，到底還有沒有一點羞恥心啊！

幾杯咖啡的時間過去，別克校長的耐性與表情也被磨光了。

「夏奇爾？夏奇爾？」威金斯警長皺眉，是時候走了。

「啊是！」看起來心事重重的夏奇爾副警長猛然警醒。

「怎麼一臉魂不守舍？」威金斯警長整理帽子，走到玄關。

「我只是在思考透娜的事。」夏奇爾振作起來。

「透娜那邊是我們最後的底線，凶手都已經放話給馬克太太下一個目標了，再搞不定，聯邦調查局那些人很快就會過來接手了。」威金斯恨恨不已：「到時候你跟尚恩就準備幫那些穿西裝打領帶的傢伙泡咖啡吧。」

「不行，一定要在這裡解決。」夏奇爾信誓旦旦，那表情幾乎到了咬牙切齒的程度：「我們綠石鎮習慣了平靜，可也不是好惹的。」

「很好，夏奇爾，就是這種決心啊！」威金斯警長拍拍他的肩膀，展現長官風範。

此時尙恩急匆匆地拉開封鎖線，衝進別克校長家，一臉驚慌失措。

「怎麼了？」威金斯警長皺眉。

別克校長抬起頭，冷笑……還能怎麼了，不就是你老婆紅杏出牆嗎？

尙恩喘著氣，難以置信地說：「馬克太太的屍體不見了！」

「馬克太太的屍體不見了？那是什麼意思？」

「意思就是，今天早上殯儀館的人發現，她的屍體從冰櫃裡消失了！」

「消失？」威金斯警長瞪大眼睛。

消失的老太太屍體，到底是一個什麼樣的……窮極無聊的犯罪概念？

威金斯警長一臉百思不得其解的表情，夏奇爾眉頭深鎖，尙恩氣喘吁吁。

只有坐在一旁的別克校長露出古怪的笑。

笑？

爲什麼笑呢？

別克校長根本沒意識到自己現在正在笑。

正在怪笑的他，當然不知道馬克太太的屍體是被誰偷走的。

但別克校長敢打賭，偷走馬克太太屍體的人，現在大概也是一頭霧水。

——這個小鎮，最不缺的，就是迷惘的表情了吧。

34

一頭霧水的表情，出現在牧師太太的臉上。

她看著丈夫在家後院用鏟子挖洞，已經持續了一個小時。問他到底挖洞做什麼用，丈夫只是笑笑背誦聖經裡的耶利米哀歌篇章：「……他發怒砍斷以色列的一切角，剷除他們的勢力。他收回右手，任憑仇敵放肆。他如火焰吞滅四周一切，把雅各燒燬……」然後繼續他意義不明的挖掘。

「這個章節跟挖洞有什麼關係呢？」牧師太太不明就裡。

牧師自顧自鏟著土，滿頭大汗唸誦：「他破壞自己的殿，恍如破壞園中的棚，他也廢掉節期。耶和華使節期和安息日在錫安被人遺忘。他發怒譴責君王和祭司，不留情面……」繼續鏟土。

「唉，眞搞不懂你。」

雖然看不懂丈夫在做什麼，但既然一邊挖洞，一邊引述聖經，好像是在做什麼特別有深意的事，牧師太太只得任由他去。

三個小時過去了，牧師太太乾脆砌了壺熱茶，興致勃勃地坐在後院觀賞丈夫一個人的默劇。

牧師用力鏟土，倒土，鏟土，倒土。

洞越來越大，越來越深。天色越來越暗。

「爸爸在做什麼呀？」恩雅跑了過來，手裡還拿著一隻布娃娃熊。

「媽媽也不知道爸爸在做什麼呢，我們一起看爸爸忙好嗎？」

「恩雅可以過去幫忙嗎？」恩雅笑得很甜：「恩雅可以幫忙倒土。」

「爸爸的動作有點危險喔，妳別過去。」

「……好吧。」恩雅嘛起嘴，有些失望地跳上媽媽的懷抱。

牧師太太輕輕抱著恩雅，輕拍輕搖，不一會兒恩雅就睡著了。

牧師太太越看越有趣，平日一本正經、又是鎮上信仰依靠的丈夫，花了這麼久的時間把自己搞得灰頭土臉，感覺有一點點頑皮。

是的，丈夫就像個小孩子一樣，僅僅是取得大人沉默的權力，什麼也不說，就只是一股腦地挖挖挖，不曉得是想挖出童年埋藏的神祕寶藏，還是想埋下什麼多年後再度挖出來重逢的時光膠囊。

牧師太太笑了。

自從嫁到這個小鎮以來，每天都享受著平靜又喜樂的生活，有幾年，煩惱這個概念，只存在於晚餐要準備什麼，烤肉聚會時該穿什麼衣服，這類的旁枝末節上。

她很享受毫無波瀾起伏的人生。沒有特別的慾望，卻也不需要擔憂未來。

幸福彷彿有額度。

當惡作劇大王喬洛斯出生後，牧師太太總算開始學會嘆氣。每天應付著被喬洛斯惡整的鄰居，收拾著一次又一次越來越離譜的爛攤子，到處道歉，心力交瘁，卻也覺得喬洛斯的降臨，是來自上帝的考驗，考驗著她對平靜生活的堅定信仰，考驗著她對孩子無償付出的愛。

而丈夫，一向深受鎮民愛戴的丈夫，總是對到處攪局的喬洛斯大發雷霆，她很擔心丈夫有一天會完全遺失對喬洛斯的愛，只剩下教養的責任。

之前丈夫在震怒中談到把喬洛斯送到英國的寄宿學校去就讀的計畫，她一直想反悔，將頑皮的孩子留在身邊，看顧著他的成長，讓他隨著長大漸漸學會成熟處世的過程中，自己能有關鍵性的參與，而非視而不見，將一切交託給別人。

牧師太太以爲自己的信念才是眞正的愛。

這幾天，一定要找機會好好跟丈夫說，相信丈夫也一定能理解的吧。

看起來，今天或許會是一個好日子呢！

「爸爸在幹嘛啊！好好笑喔！哈哈哈哈哈哈！老爸在挖洞！」

喬洛斯一衝回家，馬上撒野，朝爸爸的屁股來上一記超級大力的飛踢。

專注挖洞的牧師被這一沒頭沒腦的飛踢，給踢進了洞。

「喬洛斯！你在幹什麼！」牧師太太怒斥，恩雅驚醒。

只見牧師跪在偌大的洞裡，面無表情地往上看了喬洛斯一眼，慢慢爬出洞，拿起鏟子又繼續挖，反常地沒有責罵喬洛斯。

「你的先知告訴你的，只是虛假無用的異象。他們沒有揭露你的罪過，結果你被擄去，沒有回來。他們一再告訴你的，無非是誤導人的無用異象。」

「老爸太搞笑啦！哈哈哈哈哈搞笑！搞笑！」喬洛斯蹦蹦跳跳衝進屋子裡。

「喬洛斯！你快跟爸爸道歉！」牧師太太惱怒萬分，立刻追進屋子。

「哈哈哈哈哈老爸是搞笑大師！」屋子裡迴盪著喬洛斯的尖叫。

恩雅看著不顧一切繼續鏟土的牧師爸爸，心裡有一股說不出來的害怕。

此時，原本跟在喬洛斯後面的喬伊斯，睡眼惺忪地搖頭晃腦，像是忽然被瞌睡蟲鑽進了鼻子，打了一個大噴嚏：「哈啾！」

咚。

牧師怔住。

牧師看著手裡的鏟子，看了看腳底下的大洞，微一轉頭，瞪著腳邊的那堆土。

「我……我在幹嘛？」牧師十分詫異。

這一身的疲累是怎麼回事？

肌肉痠痛，渾身流汗發臭，口乾舌燥。自己到底在幹嘛？

牧師看著腳底下的大洞，不由自主打了一個冷顫。

挖洞，是他童年時期最常作的惡夢篇幅。

在那些古怪的夢裡，他老是在挖洞。

在樹林裡挖洞。在河邊挖洞。在玉米田裡挖洞。在懸崖邊挖洞。在後院裡挖洞。在房間地板上挖洞。在浴缸裡挖洞。在半夜無人的教室裡挖洞。

一邊挖洞，一邊神經質地東張西望，深怕被別人發現自己的企圖。

但企圖什麼？

每次在夢裡看見腳底下那越來越深的洞，牧師都不知道自己到底想偷偷埋什麼東西進去，還是想挖掘到什麼東西。那種未知的感覺偏偏出自於自己的手，卻不明白自己眞正的企圖，只是無法停止挖洞的動作。

莫名其妙地繼續挖洞很心虛，但一停下來，馬上就會面臨質詢自己動機的心理空檔，那種自我迷失的壓力巨大到令牧師無法停手，只能一直挖掘，藉著挖掘的動作讓自己無法思考太多，將恐懼感壓抑到最低程度才免於招致崩潰。

後來長大進了神學院，日夜浸淫在聖經的世界裡，牧師才漸漸擺脫挖洞惡夢的困擾。等到牧師走進教堂佈道的那一天，他已完全忘了自己曾經有過如此莫名其妙的夢境。

而現在。

牧師呆呆地站在一手製造出來的大洞邊，被遺忘的童年恐懼重新襲來，像冰冷的地獄河水，從他腳邊的泥土滲透進褲管，囚緊，迅速蔓延進他被冷汗濕透的身體裡。

不是夢。

而是夢來找他了。

35

告別式前兩天，馬克太太的屍體不見了。

在這個小鎮上，這件匪夷所思的事當然必須處理，且是特急件，但並沒有困擾坐在警車上的夏奇爾太久。這位心事重重的副警長，明顯有更重要的事必須操煩。

夏奇爾將警車停在玉米田邊的荒僻小路邊，關掉警用無線電，熄火。

「尚恩，檢驗報告在今天下午出爐了。」

「什麼檢驗報告？」尚恩被夏奇爾慎重的語氣給感染，語氣不安。

「從安妮下體採集到的強暴犯精液，是你跟我的。」夏奇爾鐵青著臉。

「……這怎麼可能！」尚恩大吃一驚。

「非常惡意，我想破了頭也搞不懂是怎麼回事。」夏奇爾嚴肅。

「安妮被強暴那天晚上……我們根本沒幹什麼吧？雖然不知道那天晚上我們到底在做什麼，但拿起行事曆好好對一下，肯定會想起來……總之我們有不在場證明，應該可以向法官解釋過去。」

尚恩一時之間抓不定主意自己的反應，到底是要生氣，還是該害怕。

但沒有做的事就是沒有做，這點讓個性溫吞的他保有基本的理智。

「……不在場證明？最好的不在場證明，都無法解釋我們的精液怎麼跑進去安妮的陰道裡。」夏奇爾竟然在冷笑。

「不會吧？最壞會是什麼情況？」尚恩愕然。

「依照檢察官發出的通緝令，我們等一下得去逮捕尤比跟小肯尼，所以不久後，威金斯警長也必須依法逮捕我們。某種意義上來說，我們比小肯尼和尤比的狀況更糟糕，馬克太太死了，除了精液之外死無對證，但安妮還活得好好的，她指證歷歷，加上從她下體採到的精液，什麼不在場證明都沒有用了，我們一定會被判刑。」

「……這一點也不合理啊！沒有做的事要怎麼承認？」

「更糟糕的發展或許是，小肯尼跟尤比的律師大可以誣賴我們，說我們濫用職權將精液掉包，警察其實才是眞正凶手這樣的戲劇性推論……哼，恐怕是很容易說服想聽故事的陪審團。」

「這還是不合理啊，我們到哪裡弄來小肯尼跟尤比的精液去栽贓他們？」

「馬克太太指控他們犯案的時候，我們不就叫他們到警局打手槍了嗎？那個時候不就有他們的精液？」夏奇爾淡淡地說。

「那也是因爲馬克太太的筆錄控訴的是他們，又不是我們，我們當然得依法取得他們的精液啊！」

「紙本筆錄可以造假，錄音筆錄……馬克太太已經死了，一口咬死說我們脅迫她做僞證也是一種說詞。至於精液，哼，依法取得實在是太合理的濫權了，事後把精液拿去法醫化驗室那裡掉包，不就是警察能夠輕易辦到的業務範圍嗎？」

「胡說八道啊這眞是……」

「總之安妮還活著，人證跟物證都在，證據確鑿，比起能夠靠串供經營起來的不在場證明，哼哼，我們死定了。不僅強姦了安妮，還殺了馬克太太。」

「鬼扯！誰殺了馬克太太！」尙恩終於發怒了。

「那天看到馬克太太活活把自己憋死的人，不就只有，你，跟我，兩個人而已嗎？」夏奇爾冷笑不已：「說眞的，有誰會相信一個老太太可以不呼吸，硬是把自己活活悶死呢？怎麼看，都像是我們殺人滅口。」

「不行！沒做的事要怎麼承認！我們必須做點什麼！」

夏奇爾冷冷地看著尙恩，嘴角依舊上揚。

他的冷笑並未透露出絕望，彷彿已看穿了尙恩所有藏在憤怒背後的心思。

那離譜的眼神令尙恩很不自在。

「尙恩，鬧夠了吧？說說你想要什麼？」夏奇爾打量著尙恩。

「我想要證明自己的清白！」尚恩握緊拳頭，眼睛都快瞪出血來。

夏奇爾的眼睛故作輕蔑地瞇了起來。

「這件事你我心中雪亮。說吧，你想要我怎麼樣？要我一槍塞進嘴巴裡扣下扳機是嗎？」夏奇爾將腰際的手槍解開，放在方向盤上：「拿去，用我的槍，還可以假裝我是自殺。」

尚恩愣了一下。

「長官，我不懂你的意思。」

「我知道你爲什麼想陷害我，但我猜不到你幹嘛要把自己的精液一起弄進去。」夏奇爾不住地冷笑：「唯一的可能大概是，你爲了要確實弄死我，不惜把自己也拖下水，嘿，尚恩，你想在法庭上怎麼描述你跟我一起強暴安妮的？你有那種顛倒黑白的口才嗎？還有，你到底是怎麼說服安妮的，她欠了你什麼？」

尚恩被說得一頭霧水，心頭卻一股無名火起。

雖然是自己的直屬上司，但夏奇爾一向對他很好，他幹嘛要陷害夏奇爾？但夏奇爾一副咄咄逼人的樣子，彷彿自己應該生夏奇爾什麼氣似地，尚恩絲毫沒有頭緒，現在這到底是什麼狀況！

「尚恩，我看是你自己偷偷搞過安妮吧？」

「安妮？……我想搞安妮，是，但我沒搞過她！」

「喔，這麼委屈？我也沒搞過安妮。」

「你沒搞過，我也沒搞過！我哪知道我們的精液怎麼會跑去那裡！」

「安妮被強暴的那天晚上，你人在哪裡？」

「讓我想想……讓我想想……等等！那一天我們不是徹夜在警察局裡看球賽嗎？我們還一邊看球一邊比賽伏地挺身啊，最後弄得兩個人都筋疲力盡啊！」

「……」夏奇爾腦中的火焰更旺盛了。

安妮被強暴的那一天晚上，你跟我不就是自己拿巡邏鑰匙偷偷溜進保齡球館，徹夜打了保齡球到天亮嗎？永遠都不可能忘記我們史無前例連續打了二十局之後，全身肌肉都快散掉了差點沒辦法走路回家的痛苦！

「……我不知道你在幹嘛，但我沒有陷害你。」尚恩瞪著夏奇爾，壓抑著怒火：「你剛剛說的事情弄得我腦子很亂，一切都沒有道理。」

「還在演？」夏奇爾越怒，臉上越是冷笑。

我偷偷搞上你老婆的事，我不知道你是怎麼知道的。不過我的精液肯定是從那個騷婆娘的陰道裡偷出來的，毫無疑問。這是個局，這個局百分之百是那個騷婆娘跟你聯手設下的。

不清楚你們到底想幹什麼，但你願意跟我一起同歸於盡，這種玉石俱焚的意志力倒是令人意外。我可不是一個容易受威脅的人……但一個願意一起坐牢的警察，想要的東西肯定不簡單，但推到極致，也不過就是爛命一條！

「夏奇爾，你有話就直說。」尚恩忿忿不平。

「有話該直說的，是你。」夏奇爾將手槍對準尚恩，拉開保險。

尚恩臉色蒼白，這可不是開玩笑的：「喂喂……」

「你可以逼我自殺，是，或許你辦得到。」夏奇爾肯定聽見了尚恩劇烈的心跳聲：「但在那之前呢？手槍裡還有多出來的七枚子彈。」

「夏奇爾，你冷靜一點。」尚恩口乾舌燥。

「小子，告訴我，你會躲子彈嗎？」

「我完全不明白你在幹嘛，總之我也是個受害者。我的天，把槍拿開。」

「我在問你，你會躲子彈嗎？」

「我不會！把你的槍拿開！我們現在不就是應該好好一起想個辦法，把這個狀況搞定嗎！」尚恩的聲音也大了起來，又怕又怒：「給我一個理由，我幹嘛要陷害你！然後又蠢到陷害我自己！」

「閉嘴！」

夏奇爾的手指緊緊貼著扳機，一個打噴嚏大小的顫抖，就會讓帶著火星的子彈意外飛出，鑽進他多年下屬的腦子裡。

尚恩不敢多吭一句，生怕夏奇爾的情緒忽然往最壞處波動。

兩個人，就這樣，僵持在小小的警車上，被無法解釋的謎團弄得無法動彈。

空氣越來越熱，夏奇爾貼著扳機的手指上都滲出了汗水。

尚恩的眼珠子也因爲過度緊張給逼出了淚水。

叩叩！叩叩！

「警官，我要報案。」

一個女人忽然走過來敲車窗，差點沒讓夏奇爾嚇到扣下扳機，尚恩也幾乎昏倒。

是蒙特太太。

不知爲何赤腳走路的她一身狼狽，神智看起來很清醒，但肯定是瘋了無誤。

「警官，我被蒙特那瘋子綁架了好幾天，我要找我的先生麥克，到處都找不到。」

蒙特太太緊張地東張西望，拚命壓低聲音：「請先把我帶去安全的地方，我很擔心那個雜碎會找到我。拜託你們了！」

夏奇爾副警長皺眉，當然沒有爲此移開對準尚恩腦袋的槍。

這個瘋婦不知道是怎麼逃出蒙特那邊的，老天爺到底是想怎樣瞎搞？

「……」尚恩看了夏奇爾身後的蒙特太太一眼，不知道自己可不可以說話。

蒙特太太好像也注意到了車內的異狀，有些驚訝，有些摸不著頭緒。

叩叩叩。

蒙特太太貼著玻璃說：「警官？警官？請先把我送到警局？」

「喂，不如你下車去搞一下她。」夏奇爾晃了一下手槍。

「我？搞一下？」尚恩詫異。

「去！去強暴她！」夏奇爾忽然變得很篤定。

「你瘋了，我不幹！」尚恩瞠目結舌。

「爲了確保你不會在法庭上亂講話，我要確實擁有你的把柄，去！去強暴她！」

「夠了，夏奇爾，你知道你在說什麼嗎！」尚恩非常確定夏奇爾瘋了，如果眞能活著離開夏奇爾的槍，他一定馬上跟威金斯警長和盤托出剛剛發生的一切，把夏奇爾弄去看精神醫生。

「小子，你無法勃起嗎？」夏奇爾的眼神變得很奇怪：「難怪你老婆老是要麻煩我去搞一搞她。」

「你在胡說八道什麼？」尚恩一頭霧水。

「我說，你有一條這麼沒用的老二，我只好去你家加班，幫你把老婆弄得服服貼貼。」夏奇爾的眼神越來越陰暗，嘴裡的話越來越放肆：「我那麼辛苦，那麼累，沒想到你這麼恩將仇報。現在我只不過是請你幫個忙，隨便插一下那個蠢女人，你這麼拖拖拉拉，是不是眞的想讓我見識一下你躲子彈的高超技術？」

「你搞我老婆？」尚恩總算是進入情況，感到呼吸困難。

「你在床上那麼差勁，雪莉又苦苦哀求，身爲長官的我當然要提供服務。」夏奇爾輕蔑地笑。

「你搞我老婆！」尚恩大吼，在小小的車子裡衝向夏奇爾。

夏奇爾嚇了一大跳，反射性地扣下扳機。

砰！

子彈恰恰好射穿尚恩的嘴，爆開後腦，直接碎開更後方的車窗玻璃。

在警車外等待許久的蒙特太太大吃一驚，一個踉蹌，邊跌邊跑地往回跑。

「……」夏奇爾比誰都要驚嚇，就在剛剛的那一槍，他的人生確實摔進了無法想像的深淵。

「這是一個意外！該死的意外！……天啊！你這個白痴幹嘛忽然衝向我！」夏奇爾對著尙恩的屍體，氣惱地咆哮：「爲什麼你偏偏要搞砸這一切！」

尙恩無嘴可回，只是從嘴巴裡流出腦漿表示無可奈何。

蒙特太太被剛剛的景象嚇到腿軟，跑沒幾步路就跌倒在地，尖叫了幾聲後，這才爬起來繼續快跑。

「不行，不行……這個意外她必須作證，她必須作證這是一個意外！」

夏奇爾六神無主地下了車，走向邊跑邊尖叫的蒙特太太。

「作證？她這個樣子只會把事情弄得更糟糕……她一定會胡說八道！」

一邊走，夏奇爾一邊用槍托不斷敲打自己的腦殼，逼迫萬無一失的天才想法快點迸出：「幸好，她瘋掉了，對……根本沒有人會相信她說的話？一個連殺人凶手都當成丈夫的瘋子，說的話根本沒有人會信吧？」

忽然腦袋裡一片清明。

是了，蒙特太太是一個眾所皆知的瘋子。

瘋子做出任何事情，都是無比合理的——瘋狂吧？！

夏奇爾衝向蒙特太太，從後面一拳搥下，重重擊倒。

「妳爲什麼要殺死尙恩！」

「啊啊啊啊我不知道你在說什麼！放開我！」

放開？

夏奇爾緊緊勒住蒙特太太的脖子，直到她昏厥過去。不意外，他將手槍放在蒙特太太的手上，用力按壓扳機，胡亂朝四面八方擊發，其中一發還刻意掠過自己的耳邊，在耳鼓深處留下嗡嗡不絕的餘聲。

很好，現在她的手上也有硝煙反應了。

夏奇爾將昏迷的蒙特太太拖到警車上，拿著她的手在車子裡一陣胡揩亂抹後，再將她的手牢牢銬在方向盤上。

搞定了吧？應該沒什麼需要再多鋪陳的嗎？

是吧？是吧！

夏奇爾頹喪地坐倒在警車邊，逼迫自己重新整理情緒，深呼吸，吐氣，深呼吸，吐氣，忍住嘔吐的衝動，這才打開警用無線電：「……請求支援，副警長夏奇爾，請求……請求支援！叫救護車！我們在洛桑家附近的玉米田……誰都好，快來……」

既複雜又簡單的計畫，以腎上腺素當燃料，飛外地運作著。

蒙特太太在街上兩眼無神地閒晃，然後被巡邏中的尚恩與自己看到，帶上車之後，蒙特太太忽然發瘋，把我身上的槍搶了過去，尚恩想把槍奪回，卻不幸在搶奪中中彈，而蒙特太太……而蒙特太太就跑下車！然後自己當然是急起直追，沿途還看見蒙特太太著魔似地朝四面八方開槍，其中有一槍還差一點打到了自己！然後然後……然後蒙特太太就……她就被我從後面制伏，我將她勒昏後，再把她銬在車子裡的方向盤，接著我就打開無線電請求支援了！

是了，就是這樣，不管蒙特太太上了法庭怎麼說，她都是瘋的！

沒有人要聽一個瘋子說的話，法官也不會聽的，更何況根本不會有人相信我會殺了尚恩……不，我確實沒有殺了尚恩，我沒有，是尚恩自己胡亂衝過來，嚇了我一大跳！這個白痴，當初好好聽我的話去強姦蒙特太太不就好了嗎？好好強姦蒙特太太的話，不就什麼事都沒有了嗎！你這個作賊心虛的蠢貨！笨蛋！白痴！完全是你自作自受，怨不得子彈無眼！

「眞是天才啊夏奇爾，我完全對你刮目相看了。」

坐在地上的夏奇爾怔住，一個哆嗦後馬上全身彈起。

只見左手被銬死在方向盤上的蒙特太太，正杵著下巴，笑嘻嘻地看著車外的自己。

「妳他媽的說什麼？」夏奇爾瞪著露齒而笑的蒙特太太。

「我在誇獎你呢夏奇爾，我說你眞是潛力十足的聰明寶寶！」蒙特太太臉上的表情完全與恐懼無關，更沒有絲毫的瘋狂或迷惘，兩隻眼睛閃爍著不屬於她的，極度造作的狡獪。

這個表情，噁心得似曾相識。

「妳……」夏奇爾的呼吸好像凍住了。

蒙特太太像是一台答錄機，瞬間發呆了片刻，這才繼續僵硬地笑道：「我很喜歡你的腦袋正在胡思亂想的邪惡計畫，但是你似乎忘了，你跟尚恩的精液樣本都還在檢察官那裡，加上安妮活生生的指控，你隨時都得進去牢裡奉獻你的屁眼。據說警察的屁眼在那裡可是價值連城的寶物。儘管蒙特太太現在是眾所周知的瘋子，但到了法庭上呢？」

「妳是誰！妳不是蒙特太太！」

夏奇爾脫口而出的時候，聲音激烈顫抖到連他自己都很驚訝。

「到了法庭上，蒙特太太說看見你槍殺了你的下屬，她雖然瘋了，可是她所說出來的話難道不會影響到大家怎麼看你的目光嗎？難道法官跟陪審團完全不會採信她的目擊證詞嗎？你槍殺尚恩的角度是在駕駛座上，請問，被你們逮進車子裡的蒙特太太，又如何能夠在警車的駕駛座上開出這一槍呢？你的計畫還不夠精密喔夏奇爾……」

「妳到底是誰！」夏奇爾想起來了，這種表情，如此淡定又得意的語氣……跟死去的馬克太太最後在醫院時，根本一模一樣！

「天才夏奇爾，我是誰不重要，重要的是，你這個天才強姦了安妮，又抓緊一個千載難逢的機會槍殺了尚恩，這樣就可以把強姦案完全嫁禍給一個死人啦！只不過你得再想想，好好發明出一個為什麼尚恩有辦法可以偷取你的精液，再把你跟他的精液一起射進安妮的陰道裡的天才無敵好藉口才行呢！當然啦，不管蒙特太太有多瘋有多無法令人置信，但安妮可是好端端地躺在醫院裡療養，等著上法庭告死你呢！」蒙特太太笑得眼睛都瞇成一條線了：「不過你得想快一點，你剛剛請求的支援好像就快到了呢，這可是事關一個警察的屁眼在監獄裡的奇幻歷險日誌呢！」

「我沒有強姦安妮！我沒有！」夏奇爾大叫，拿起槍對準蒙特太太。

「你也沒有掐死蒙特太太湮滅人證啊。」蒙特太太微笑。

「我當然沒有！」夏奇爾面紅耳赤大吼。

「這簡單，我就幫你這個忙好了，至少少掉一個寶貴的人證嘛！」

蒙特太太吃吃吃地笑著。然後就不再說話了。

夏奇爾愣了一下，馬上衝向蒙特太太，將她拖出車外。

「給我呼吸！給我呼吸！妳少在那邊誣賴我！」

「……」蒙特太太還是保持那張狡詐的笑容，可就是完全停止呼吸。

很快地，蒙特太太的臉就變成了糟糕透頂的紫紅色。

「呼吸！妳到底是誰！妳到底是誰附身在……惡魔！你給我呼吸！」夏奇爾用力壓著蒙特太太的胸口，努力活躍她的肺臟，但這樣的舉動迅速令情況惡化，讓她肺裡空氣一股腦噴出體外。

夏奇爾歇斯底里地對蒙特太太做起了人工呼吸，將自己的氣奮力吹進蒙特太太的嘴裡，可他的嘴一碰蒙特太太的嘴，卻感覺到她的舌頭狂伸狂戳，竟然在跟自己熱吻。她的手用力抱住夏奇爾的腰，將夏奇爾的身體壓向自己，調皮地挑逗。

「給我呼吸……呼吸！」

夏奇爾手忙腳亂連舌頭也亂了，卻只感覺到蒙特太太毅力十足地閉氣，而且還有很多餘力在做一些離譜的怪動作，亂摳他的奶頭之類的，完全失控。

然後終於停下。

蒙特太太的臉黑了，充滿臭味的鼻血也流了出來，眼睛爆滿了蜘蛛網狀的血絲。一動也不動了。

又一個，活活將自己憋死的……

「到底是……剛剛到底是怎麼回事……我到底是遇到了什麼東西？」

夏奇爾失魂落魄地看著地上這一具屍體，又看了看車上另一具屍體。

遠方傳來救護車的嗚笛聲，越來越近，越來越近……

太多無法處理的詭異資訊了。無限前後矛盾無法解釋的失序邏輯。夏奇爾的腦袋裡已經停止思考。無法思考。拒絕思考？

唯一能夠代替大腦進行基本思考活動的，大概只剩隱隱作痛的屁眼了吧。

「……」

夏奇爾扔下槍，轉身走進了玉米田。

36

另一張迷惘的表情，則掛在蒙特先生的臉上。

他拿晚餐上樓給太太吃的時候，赫然發現，被綁在床上的不是自己的妻子。

「……」蒙特先生當時的臉都歪掉了。

馬克太太？

被五花大綁在床上的馬克太太當然是一具死屍。

一具，僵硬的，還未完全退冰的，裸體的，死屍。

蒙特先生不知道馬克太太的死屍是怎麼出現在這裡的，即使他是個大男人，在第一時間所能做的也不過是嚇得摔倒，大吼大叫，連滾帶爬地衝下樓，打開大門叫嚷。

「快點報警！報警！天殺的快點報警！」蒙特先生魂不附體慘叫。

警察來之前，附近的鄰居已擠到現場看熱鬧，大家交頭接耳。

原本一具該躺在殯儀館的屍體出現在不屬於她的床上，還赤身裸體，是一件多麼詭異恐怖的事，但很多人擠在床邊看著屍體議論紛紛，再恐怖的事也變得很滑稽。

原本大家只是低聲地交頭接耳，但隨著人數的增加，連樓梯間都擠滿了人，七嘴八舌的音量變得很大聲。

大家將馬克太太的屍體瞧清楚了，馬克太太雙眼瞪得很大，擺明了死不瞑目。赤身裸體就算了，她生前所受到的凌虐傷痕怵目驚心地展示在眾人面前，更可悲的是，她遭到五花大綁的姿勢，讓她的雙腿打開，露出被暴徒糟蹋到血肉模糊的陰部，一點僅剩的尊嚴都沒有。

一身冷汗的蒙特先生坐在樓梯上，還沒回過神的他很快就被左鄰右舍一連串的問題狠狠包圍。

「爲什麼馬克太太會在你家床上？」總得有人要開口問第一個問題。

「……天殺的我怎麼知道。」蒙特先生腦袋一片空白。

「爲什麼她會沒有穿衣服？在殯儀館裡面安置的樣子也不該是這樣吧？」問話的鮑爾語氣不善。

「……天殺的我怎麼知道。」蒙特先生面紅耳赤。

「我說蒙特，今天還有誰來過你家啊？」老肯尼當起警察來了。

「……天殺的我怎麼知道。」蒙特先生抓了抓頭，氣惱地說：「昨天牧師來過，今天……今天我一整天都待在家裡，沒有人來過。」

這個回答，馬上令幾個鄰居面面相覷。

「下午明明看你出門，回來的時候扛了一大袋的東西走進房子，回想起來，袋子裡該不會就是馬克太太吧？」住在隔壁的阿雷先生皺眉。

「什麼？」蒙特先生怔住。

「對啊，我也看到了，那袋子看起來很沉，問你需不需要幫忙，你連看我們一眼都沒有，就自己硬扛了進去。現在回想起來，那個袋子裡裝的好像是人？」一個整天都坐在門口看書喝茶的退休老鄰居鮑爾也說話了。

「我天殺的去偷馬克太太的屍體回家做什麼？我說過了今天一整天我都待在屋子裡，剛剛還一直在客廳看電視，到了吃飯時間才去廚房隨意弄點東西上樓，就看到……我的天啊，我也搞不懂是怎麼回事！」蒙特先生開始懊惱了起來。

不過，剛剛在看什麼電視節目啊？

蒙特先生想說說幾句爲自己辯護，卻一點印象也沒有。

不行，看大家臉上那種表情，得認眞想起來，好好跟大家解釋一下節目的細節才行。

「怎麼了？」

「沒……」蒙特先生感覺到自己的臉在發燙。

「就算你說你一整天都待在房子裡好了，如果是眞的，那馬克太太的屍體被人扛到你家樓上，你又怎麼會不知道？」老鄰居根本就不信蒙特先生的說詞，主要還是親眼看見蒙特先生異常的舉動。

剛剛蒙特先生明明就開車出去，又開車回來，下車的時候到後車廂扛了一大袋東西進屋子，這是千眞萬確的事實，現在才在裝模作樣，未免也太假了吧。

「天殺的別一口氣問那麼多問題！誰可以告訴我！我見鬼了把馬克太太的屍體弄到我床上做什麼！」蒙特先生動怒了，要是一大袋鈔票給扔在自己的床上，那才能叫自己百口莫辯。

今天呢？今天可是一具死得不能再死的屍體！

激動之餘，蒙特先生也感到噁心。

馬克太太在年輕的時候是個很有風情的女人，吸引了鎮上不少男人的追求，馬克太太也好好利用了自己的優勢，周旋在不同的男人間享受被疼愛的喜悅，最後的最後，才選了其中一個最獻殷勤的男人定下來。

當年丰姿綽約的她，的確是蒙特先生童年時期的性憧憬，無數次出現在令蒙特夢遺的春夢裡。不意外，馬克太太也是蒙特人生第一次手淫的性幻想對象。

但那已經是好久好久以前的事了，年老色衰的馬克太太完全不吸引蒙特先生，偶爾想起童年時期對她的遐想，蒙特先生還會覺得非常噁心。這種對再怎麼美麗的女人總有一天都會變得皮膚乾皺的必然預測，或許就是蒙特先生會選擇打扮樸素的蒙特太太作爲妻子的心理作用吧。

普普通通，不期不待，才是永恆。

「對了，你太太呢？」阿雷太太左顧右盼，就是找不到最近發瘋的蒙特太太。

蒙特先生像是被雷打到一樣，現在才發現這個關鍵的空白。

是啊，原本應該被牢牢綁在床上的妻子怎麼消失了？妻子雖然精神錯亂得很嚴重，但至少可以替自己作證，自己一整天都絕對沒有離開房子……不，不，妻子一直被綁在床上，又怎麼能證明這一點呢？

喔不不不，妻子消失了，一定是有人爲她鬆綁，那個爲她鬆綁的人……

「那個把馬克太太屍體偷偷搬到我家樓上的人，一定！一定綁架了我太太！」蒙特先生像是發現了新大陸，起身握拳大叫：「只要找到綁架我太太的人！就知道他幹嘛把馬克太太的屍體弄到我家！大家快點幫我找我太太！」

眾人卻沒有人眞正理會蒙特先生突兀的呼籲。

「最重要的是，蒙特，你怎麼沒有穿褲子？」終於有人忍不住問了。

蒙特先生嚇很大一跳，往下一看。

自己還眞是沒有穿褲子，爲什麼一直都沒發現！

不僅沒有穿褲子，而且下體還垂著黏黏稠稠的鼻涕……不！不是鼻涕！不是鼻涕！

是……

「天啊！流出來了！」房間裡傳出尖叫聲。

「上帝保佑！流出來了！」又一聲尖叫。

「我的天啊我的上帝啊！到底是怎麼會流出那種東西啊！」房間裡馬上一陣尖叫。

這些尖叫聲搞得門外的大家全都想擠進房間裡，看看到底是什麼東西流出來了。

當蒙特先生還在慌亂地尋找褲子時，擠在房間裡的左鄰右舍，都清清楚楚看見了，馬克太太遍體鱗傷的兩腿之間，一股半透明的液體，慢慢地流出了她滿目瘡痍的死亡陰道。

慢慢地流出，慢慢地流出。

那種又腥又臭的氣味，那樣渾濁的顏色，那般濃稠的糊狀質地。那樣的心知肚明。

慢慢地流出，慢慢地流出。

大家的視線從馬克太太的陰道，不約而同地，慢慢轉向蒙特先生。

「我天殺的褲子呢！該死！」

蒙特先生氣急敗壞地在房子裡衝來衝去，就是找不到褲子，而他那條毫無遮攔的陰莖，隨著身體的擺動，黏在龜頭前端上的液體也不斷甩來甩去，終於脫落，飛濺到地板上。

「啊！」

忽然蒙特先生一腳踩滑，狼狽地被他不小心滴在地板上的殘餘液體給滑了一大下。咚咚咚咚，蒙特亂七八糟滑下了樓梯，一路哼哼唉唉，像極了演技高超的小丑。

左鄰右舍沒有一個人笑，只覺得不寒而慄。

這個可憐的傢伙。

女兒遭到姦殺，好好的一顆漂亮腦袋被扯下，太太卻徹底發瘋地，愛上眾所皆知的變態兇手——那種瘋狂，終於回頭過來吞噬了他，將這個老實木訥的好好先生逼入了絕境，壓垮了他的人性，摧毀了他的道德。

然後也瘋了。

更瘋了。

很快地，這個小鎮清醒的人，就會成爲越來越少的珍稀動物。

37

猶他州。

州際道路的交流道不遠處，有一間家庭式平價小餐店。

店裡的招牌菜肋眼牛排，其賣相並沒有特別出色，但肉感厚實又大塊，加上獨特調製的芥末醬之後，就跟這間店一樣，外表毫不起眼，可是相當飽滿實在。

三台警車停在店門口。今天的生意就跟昨天，以及昨天的昨天一樣，這些熟客裡有一半都是來吃午餐的警察，這些身材肥胖的警察一邊慢條斯理地吃飯，一邊跟同是常客的居民玩著賓果遊戲小賭。坐在靠窗位子的老強尼，則獨自解著報紙副刊上的字謎。

「十七。」一個警察咬著三明治，一手在紙上畫圈。

「三十一。」嘴巴含著甜甜圈的超胖警察接著說。

「呵呵呵，我快賓果囉，四條線了……五。」一個老先生得意洋洋地說。

「別得意得太早啊。」

「剛剛連贏兩盤了，今天運氣實在不錯，一併贏光你們明天的午餐錢好了。」

「是嗎？十四。」鬍渣上都是鬆餅屑的警察笑了出來：「我也四條線了，小心。」

在這個百般無聊的城鎮，這間小店是不少人打發午餐時光的老地方。

在這個百般無聊的城鎮，任何一張陌生臉孔，都會吸引所有人的目光。

當那個男人將門推開的時候，所有人都下意識地把頭抬起來。

戴著一頂早已不合時宜的土黃色牛仔帽，穿了一身深黑色破破爛爛的西裝，腳下的皮鞋嚴重磨損，男人的身上都是灰土與乾涸的污漬，還有一股多日沒有洗澡的濃濃酸味，街邊的流浪漢都比他還懂得打理自己。

儘管一身狼狽，身形更非高大，這個牛仔男的眼神裡卻有一種高高在上的睥睨感，走路的姿勢，就像是裸身走在家裡浴室一樣自在。

正一邊吃飯一邊玩賓果的這些警察，基於工作上的本能，眼睛發直地瞪著這個十分可疑的男人看。這個不修邊幅的男人，全身刻意散發出危險的信號，那是一種刻意想招惹事端的糟糕姿態。

而這個牛仔男，也同時在打量快餐店裡的每一個人，一下子就露出開心的表情。

牛仔男走到窗邊，老強尼的位置，看著桌上吃到一半的肋眼牛排。

「……這肉看起來不錯，滾吧老頭。」

當牛仔男這麼說的時候，已經用掉了他培養了一整天的好耐性。

但沉迷於報紙字謎的老強尼聽不出來。

那些放下手邊賓果遊戲的警察們也聽不出來。

「嘿，老兄，你想惹事嗎？」肥胖警察吞下嘴裡的甜甜圈，將手指上的糖粉搓掉。

「……」牛仔男聳聳肩，一副不置可否的跩樣。

「你打哪來？」另一個更胖的警察站了起來，整理褲腰帶，露出腰際的佩槍。

看見警察默默露槍威嚇的表情，牛仔男幾乎是笑了出來。

六個警察，六把槍，至少五十四顆子彈，等一下眞能射出去的能有多少？

「就叫你湯姆吧，你看起來就是一副該叫湯姆的樣子。」牛仔男露出參差不齊的牙齒，笑道：「湯姆！今天很高興看到這間店門口停了三台警車，我早就有預感今天會是運氣滿載的完美日，現在，我們來玩一個遊戲！」

「我不知道你想玩什麼遊戲，我也他媽的不叫湯姆。」超胖警察淡淡地說，拉了拉褲腰帶：「但基於公共安全的理由，先生，我必須請你出示可以表明你身分的證件，請你合作。」

店裡所有人的目光都聚焦在牛仔男臉上的詭異笑容。

「年輕人，別在這裡惹事啊，不値得。」老強尼嘆氣，看著站在他身邊的牛仔男。

「湯姆，你開過槍吧？除了靶紙，你曾經對著人開過槍吧？」牛仔男笑嘻嘻地歪著頭，強調：「我是說，眞正的人。」

另一個警察霍然站起，不客氣地提高音量：「別挑釁警察！把你的雙手舉高，貼著牆壁，馬上！」

「看起來你的同事都很爲你興奮呢！好！現在進行遊戲說明！湯姆，我在開槍打爛你的膝蓋之前，我會先把你那五個同事給幹掉。」不理會警告，牛仔男抖弄眉毛，興奮地說：「所以啦，在我跟你的同事好來好去的時候，你有大把時間把槍拿起來，對準我，扣下扳機，好好把我的腦袋給轟掉。怎麼樣？這個條件還不賴吧？就看看你能不能把握時間拯救自己的膝蓋！」

「夠了小子，夠了，今天天氣這麼好，拿來做蠢事實在是……」距離最近的老強尼看見牛仔男的腰後，的的確確插了兩把槍，當眞是不要命的瘋子來著，他繼續勸道：「來，你想要這個位子是吧？來……」

牛仔男閃電一樣地從後面掏槍，朝想好心當和事佬的老強尼兩眼間就是一轟，鮮血與腦漿唏哩嘩啦噴在窗上與牛排上。

所有人都嚇得無法動彈，就連一聲尖叫也聽不到。

六個自恃人多的警察全都呆住，無法反應過來。

只見牛仔男的雙槍不知何時又重新插回腰後，嗤之以鼻地掃視所有人。

「剛剛那一槍，是提醒各位警官比賽即將正式開始的前戲。等一下，就沒有這樣的特別優待了。」牛仔男咧嘴而笑，鬆動鬆動肩膀，手指抓舞空氣：「湯姆，你準備好了的時候，自己喊出聲。別讓我等太久啊。」

那個被叫湯姆的超肥警察全身發抖，冷汗在剛剛瞬間涼透了他的胯下。

眼前這個頭戴牛仔帽的傢伙，是來眞的。他是貨眞價實的，在某個地方擁有黑暗履歷的殺人槍手。

這種瘋子，爲什麼會來到這種無聊的小城市？

不，停止思考這種問題，停止。停止。這種問題，等到槍聲過後再來咀嚼吧。

其餘五個警察同樣驚懼不已，他們知道等一下的拔槍大賽十分凶險。

牛仔男隨意射殺路人的那一槍就已經清楚顯示，對方開槍殺人的經驗，絕對，凌駕在現場所有警察的總和，甚至是數倍，數十倍。

對方窮凶惡極，即便警察這邊人多槍多子彈多，但等一下一旦拔槍，自己這邊肯定不可能完全沒有人倒下。那個會中彈的倒楣鬼會是自己嗎？

冷靜。

在灼熱的荷爾蒙氣味中，六個警察迅速交換了眼神。

這種距離，不管對方的槍法有多厲害，在這麼近的對峙裡，最後一定會被六把槍給射倒。這是事實。即將發生的、不會有第二個版本的事實。至於警察陣營裡誰會不幸中彈，就交給上帝裁定吧。

餐廳裡其餘七、八位客人跟服務生，面面相覷，子彈無眼，不知道現在默默躲到桌子底下是不是會惹腦瘋子槍手？就連眼淚都噙在眼裡，害怕得跟聲音一樣不敢噴出。

「湯姆？」牛仔男微笑，兩手一攤：「你讓我等太久囉？」

「幹掉他！」超肥警察大喝，手壓向腰際的槍。

六個警察，六把槍。

「Party Party Party！」

牛仔男興奮大叫的那一瞬間，比賽也恰恰好結束。

六個警察，六把，根本沒有機會離開腰際的槍。

超肥警察看著膝蓋上冒煙的彈孔，慘叫一聲，整個人摔倒在桌邊。

「啊……啊……快點送我去醫院……送我去醫院啊！」超肥警察不顧形象地求

饒。

其餘五個完全沒看清楚對方是如何拔槍的胖警察，全都是喉嚨中彈，橫七豎八地躺平，嘴裡隨著汩汩鮮血發出奇怪的聲音。一時之間不死，卻也不可能活。

店裡的所有人呆住，不知道誰先叫了第一聲，所有人都瘋狂尖叫起來，不約而同衝出餐廳，有幾個人嚇得軟腿，幾乎是用爬行的怪姿勢匍匐出去。

牛仔男一眼都沒看，便即意興闌珊地坐在窗邊的好座位，吃起眼前盤子裡，冷掉的，和著腦漿的肋眼牛排。

用超肥警察的痛苦呻吟聲當背景音樂，牛仔男一邊切著剩餘的牛排，一邊隨意翻著桌上的報紙。

先將老強尼未完成的字謎瞬間填好，牛仔男再慢條斯理閱讀著社會新聞摘記，聳動的大標題寫著「斧頭鬼約翰！跨州血腥連線！」內容大概就是一個小癟三越獄後，到處拿著斧頭胡砍瞎砍的恐怖紀實，至今已經有三十幾個人遇害，三十幾人，三十幾具面目全非的屍體。

「嘖嘖……又一個自以爲是的死變態。」牛仔男嗤之以鼻：「這種滿腦子追求記錄的臭屁孩，很快就知道自己的等級有多低了，呸！」

倒是報紙翻過去的一整頁特稿，令牛仔男開始玩味起來。

報紙描述著隔壁內華達州，一個叫綠石鎮的典型農業小鎮，最近所發生的一連串怪異犯罪事件。即使新聞的撰寫筆法很專業，但因爲那些犯罪事件太過血腥，過於離奇難解，無論用多大程度的冷靜字句去形容，那些充滿矛盾的犯罪新聞依然疑點重重，呈現出一種魔幻飄忽的獵奇感。

首先是廣受眾人愛戴的小鎮醫生，在某天夜裡理智線忽然斷掉，強姦了一個未成年少女，將她的頭扭掉後，再當眾硬生生把自己的腦袋給擰了下來，此後小鎮怪事不斷。一位年老色衰的老婦人被輪姦後，在醫院死於離譜的自我窒息。接下來，輪到青春洋溢的女孩也慘遭強姦，死裡逃生的她嚴厲地指控鎮上的兩名警察參與其中。然後該鎮的中學校長結髮多年的妻子也給強姦毒打了，至今仍昏迷在醫院裡。一向民風淳樸的綠石鎮，犯罪事件突然激增的背後，強姦案的凶手至今依舊躲在迷霧之後，逍遙法外。

「逍遙法外……」

牛仔男咀嚼著冷肉，油油的嘴角終於上揚：「這不是廢話嗎？」

嘻嘻。

雖然待在「那裡面」的時候，新鮮怪事一天也沒少過，但，外面的世界還是很有趣。永遠都充滿了無窮盡的可能性。

在那個叫綠石鎮的鳥地方裡，一定有，非常值得，互相廝殺一番的……怪物啊！「眞好，那就決定了吧。嘻嘻，去綠石鎮開派對哈哈哈哈。」

牛仔男吃完最後一口冷肉，用桌上的啤酒漱了漱口，蹲在地上，研究著超肥警察的痛苦表情。

超肥警察汗流浹背，卻因失血過多而口乾舌燥，子彈乾淨俐落地貫穿了兩膝蓋，如果緊急送醫，或許未來還有拿起拐杖的機會。

「嘿！湯姆？」牛仔男抓抓頭。

「……是。」超肥警察大口喘氣。

「只不過輸了區區一場比賽，下半輩子就都站不起來，心裡一定幹得要死吧？」牛仔男關心地說：「需不需要我幫你……咻！咻！結束你的痛苦？」

「我……我想活下去，先生，我想……我想活下去！」超肥警察慌慌張張、毫無自尊地強調，深怕一個不小心就會瞬間喪命。

牛仔男露出難以置信的表情：「一個死瘸子，不會對家人造成困擾嗎？」

超肥警察趕緊接話：「他們會照顧我！沒關係的，家人之間本來就該互相扶持，他們不會介意！不會介意！」

牛仔男大聲嚷嚷：「拜託！你的膝蓋爛掉了！我說，你有老婆嗎？」

「先生，我的老婆叫珍，我們還有一個兒子，一個女兒，他們都在等我回去……先生，我請求你，放過我，我……我必須回家……」

「哎呀，我剛剛是想問，湯姆，你的膝蓋爛掉了，你永遠都無法用傳教士體位跪著操你老婆，也沒辦法從後面站著施展老漢推車這一招，更不用提你永遠也沒辦法把你的珍抱起來頂啊頂……頂啊頂啊……我的天啊，湯姆，你只剩下好好躺著，看著珍在你上面搖晃，這樣也沒關係嗎？」

「先生，其實……我們已經很久沒有性生活了，我們夫妻其實並不是那麼注重……而且，珍不會介意她在上面的。先生，拜託了，我求求你，珍跟我的孩子都在等我回去，我不能死在這裡……」

「不行，你太自私了，珍不能一直都在上面！」牛仔男看起來相當氣惱。

「是！先生你說的是！我……我會努力復健！我會重新站起來！我會……」

「你會想辦法用各式各樣的姿勢操幹珍嗎？」

「我發誓！我一定會！」超肥警察的呼吸越來越急促。

「太棒了！那你證明你的意志力給我看！站起來！」

「……站起來？」超肥警察的汗流到眼角，眼睛都快睜不開了：「現在？」

「只要你可以站起來，自己從一數到十，我就親自開車送你回家！」

「這……」

「湯姆，你看著我，仔細看著我，是，就是這樣，別把眼睛移開。敲敲，叮咚叮咚，我是好人嗎？不，我是一個壞人，對吧？我是一個壞人，所以聽好了，關於激勵人心的這種事，我並不是很有耐心喔。」

機會不再！萬一這個殺人魔反悔就慘了！

超肥警察只得拚命地抓著桌角，奮力撐起自己過度肥胖的身體。他感覺到，自己這一生就是此時此刻最盡力了！超肥警察燃燒所有存在與不存在的潛力與意志，咬著牙，大叫啊啊啊啊啊啊啊啊啊地，一鼓作氣站了起來。

不需要牛仔男提醒，超肥警察的手就放開了桌角，完全仰賴自己的力量撐住身體。他知道，他感覺到，如果身體保持這一個完全垂直的絕對姿勢，就相當有機會靠著大腿與小腿的肌肉立撐加速讀出的十秒！

「上帝的奇蹟！」牛仔男握拳大叫。

「1！2！3！4！5！6！7……」超肥警察用最快的速度飆唸著數字：「8！」

只見牛仔男哈哈大笑，拿起桌上吃剩的牛肋骨丟向超肥警察。

一根，無法造成任何傷害的牛肋骨。

超肥警察一呆，意識裡很清楚絕對不需要閃躲，可他的身體卻本能地微微一晃。

那一瞬間，奇蹟似直立起來的膝蓋整個橫向崩裂，雙腳從中不自然斷開，他肥胖的身軀頓時轟然垮下，發出震天價響的慘叫聲。

這輩子，這個大胖子是不必思考復健的種種艱辛了。

牛仔男嘆了一口氣：「我是眞心眞意，想去你家看看珍長什麼樣子。」

他彎下腰，慢條斯理地收集警槍彈匣裡的每一顆子彈，然後用倒數第二顆射進肥胖警察的屁眼裡。

超肥警察兩眼撐大，嘴巴咿咿呀呀，雙腳像是游蛙式一樣激烈地在地板上彈動。

「好好享受，據說屁眼裡含著子彈至少還可以活個五分鐘，哈哈哈哈五分鐘耶！是不是足夠你好好把過去的人生想上一遍呢？」牛仔男笑嘻嘻地將最後一顆子彈留在其中一把警槍裡，然後將警槍踢到角落。

超肥警察口吐穢物無法說話，神智卻因爲超級劇痛而無比清醒。

「如果你可以游到那裡，就獎勵你自己，用最後一顆子彈提前把自己的腦袋轟掉吧。」牛仔男好言勉勵：「湯姆，加油，這是你人生中的最後一次比賽！」

「啊啊啊啊啊啊啊啊啊……殺了我……啊啊啊啊喔喔喔喔喔喔！」

他捏捏超肥警察的下巴，無限同情似地：「剛剛忘了自我介紹，唉，順序都亂掉了。下次好了，自我介紹這種事實在是，需要多多練習才會優雅上手啊！」

走出餐廳，伸了一個又臭又長的懶腰。

看樣子也差不多了。於是牛仔男對著往州際道路上逃得遠遠的、只剩下一個個小黑點的那些客人與服務生，隨意地扣下扳機。

別鬧了，牛仔男甚至連瞇起眼睛的動作都沒有，更別提屏住氣息那種太慎重的不專業準備，飛出槍口的子彈就像是裝了人肉磁鐵一樣，一顆顆吸進那些有氣無力的小黑點的身體裡。小黑點一個個動也不動了。

牛仔男走進停在店門口的一輛警車，發動引擎，將廣播上的音樂開到最大聲。警車上了州際道路。

車窗搖下，讓自由的風吹拂著這張瘋狂的臉龐。

不知道是否出於絕對的惡意，抑或是打發時間的單純，偶爾，牛仔男隨性地對著與自己並肩而行的幾輛行車開槍，一槍爆腦一個車駕駛，一路上翻倒了好幾台車，莫名其妙的壯觀。

「動作得快一點囉，綠石鎮那麼誇張，遲早『那些傢伙』也會出現在那裡的哈哈哈哈哈哈。」牛仔男越想越得意：「到時候派對就太熱鬧了，要限制進場人數才能慢慢享受啦嘻嘻！哈哈哈哈哈哈哈哈哈！」

嘻嘻。

哈哈。

Party Party Party—·

38

看著病床上奄奄一息的妻子，別克校長發呆多時。

點滴裡的葡萄糖水一滴滴落下，而別克校長的理智，也一滴滴地流失。

完全可以猜想到妻子醒來時會跟警方說什麼，那些聲淚俱下的控訴若加在自己身上，罪名差不多是家庭暴力，但加上威金斯警長的那一份……那一份精液，大概會被控訴成「暴力丈夫邀請警長參與強暴妻子」的詭異內容。

別克校長的胯下感到一陣惡寒。

是的，喬伊斯那惡魔說得對，每個人都有祕密。

一個，能夠徹底摧毀自己的祕密。

這已經不是一個概念，而是一個活生生的惡夢。那個惡魔可以恣意進入人的腦袋，不光只是自己，所有人都被他狠狠地操控，在夢裡埋下對現實世界的殘酷指令，讓他自殺不能，更加無法殺了那個小子。

別克校長伸出顫抖的手，緩緩地，撫摸著熟睡妻子的腫臉。

但是，真的可以完全推托給別人嗎？

這張災難的大腫臉，全都是出自自己邪惡的幻想導致。每一個打在妻子臉上的拳頭，都是結結實實自己的手，發軔於自己曾經胡亂投射的詭異慾念。無法確實置身事外。

別克校長的手越來越溫柔，觸感越來越深刻。

他的如此手勢，他的那種緩慢，漸漸的，像是告別。

「親愛的，妳看起來是如此的安詳，沒有痛苦，毫無悲傷。可是，妳一醒來，就必須面對無窮無盡的惡夢，面對自己的丈夫是一個變態暴力狂，而且還是一個邀約別的惡漢一起性侵自己的惡魔！」

「……」妻子持續保持著難堪的沉默。

別克校長喃喃自語，眼角垂淚：「我不忍心，我不忍心看見妳的餘生，必須活在眞假難辨的地獄裡，親愛的，我此生的摯愛，請原諒我……」

摸著妻子那受盡苦楚的瘀腫臉龐，別克校長的手不知不覺移到了她的脖子，手指慢慢加深力道，指腹深陷，卻又小心翼翼不讓指甲刺進肉裡。

他盡最大的努力將頭別了過去，竭盡所能不去聽妻子那充滿掙扎的急促呼吸。

別克校長越是逃避，手指上的力量越是激烈。

只消過了片刻，妻子發出的聲音就像是溺水豬嘶，身體因過度掙扎扭動而整個拱了起來，拱到像是要馬上甦醒過來似地……然後在緊繃的極限中瞬間坍塌，軟綿綿的，像是一條肉色的棉被。

別克校長的手終於停了下來。

自始至終，別克校長爬滿淚水的臉，都沒有抬起來過。

或許，應該思考復仇的效果。

或許，所謂的復仇，應該繞道而行……

「等著吧，我一定會，讓你感到等值的痛苦！」

39

第三個晚上了。

一身泥濘的牧師，呆呆地看著院子裡越來越深的大洞。

這個洞，這個大洞，已經深到可以疊進三個一米八的大人，挖出來的大量廢土將院子堆得亂七八糟，徹底摧毀了整個花園。而他渾身上下每一吋肌肉都痠痛到，甚至連手中用來撐住身體的剷子都快抓不穩。

「我到底在……在執著什麼呢？」牧師迷惘地看著洞，慢慢地腿軟跪倒。

童年的惡夢，爲什麼在這個時候回來找他呢？

難道，有什麼不可告人的事曾經發生過，卻被年少無知的自己竭力隱瞞呢？是罪惡感嗎？

是一個自己至今也想不起來的某件事？某件……不好的事？

「老公，你要不要……去看精神醫生？」臉色蒼白的牧師太太慢慢扶著丈夫起來。

牧師太太從一開始的又好氣又好笑，漸漸變得很狐疑，然後轉爲害怕。

她不明白丈夫究竟在做什麼，如果說是開玩笑或惡作劇，這未免也太消耗體力了吧。丈夫在清醒時對這個越來越深的洞，表達出的不能置信，令她深信正在挖洞的丈夫不是她認識了十幾年的同一個男人。這種對最親密之人產生的陌生感，給了牧師太太巨大的恐懼。

附近的鄰居更加看不懂平日這位令人尊敬的牧師到底在做什麼。

看不懂，當然也就跑過來問了，只是牧師挖洞的時候都是全神貫注，不管旁人怎麼問，他只是朗誦著聖經當作回應，一劏一劏，繼續著他那無人理解的孤獨工程。

直到他自己醒來。

醒來，然後面對這一切的莫名其妙。

牧師在洞邊閉上眼睛，雙手交疊，默唸著聖經經文，祈求著上帝賜予自己足夠的智慧去瞭解最近發生在自己身上的一切。

很可能，這個深洞，這個意味著自己內心幽暗恐懼的具體化，正是來自上帝的某種諭示，面對聖靈取代自己的意識去作爲，去行使，自己不需要害怕，卑微的自己距離眞理還有一大段的距離，唯有一次次最眞誠的祈禱才能解開謎底。

「老爸，你眞的是太酷啦！」喬洛斯拍拍牧師的肩膀，一副勉勵嘉許的口氣。

「……」牧師依舊低頭，專注祈禱。

喬伊斯坐在用來倒廢土的生鏽水桶上，淡定地微笑。

「以後你負責挖洞！我就負責把大家都埋進去嘻嘻嘻哈哈哈！」喬洛斯樂不可支，更加用力拍了拍牧師的後腦杓：「好！我們來比賽！看是你挖的洞深！嘻嘻哈哈哈嘻嘻！還是我塡屍體的速度更快啦哈哈哈哈哈！老爸！你要把幹媽媽的體力通通都拿來挖洞喔喔喔喔喔喔喔哈哈哈！」

「喬洛斯！不准胡說八道！」牧師太太怒氣騰騰，伸手過來擰喬洛斯的耳朵。

喬洛斯一下子閃開，扮鬼臉大叫：「媽！哈哈哈！我惹媽媽生氣啦！因爲媽媽欠幹！媽媽欠幹欠幹欠爸爸幹哈哈哈哈哈哈！」

牧師太太氣得追打喬洛斯，但喬洛斯可是鎮上最精於閃躲的人類了，只有在他覺得被抓起來毒打也滿好玩的時候，他才會刻意慢下腳步享受被虐的快感，否則憑牧師太太的身手，就連喬洛斯的影子都別想踏到。

恩雅從屋子裡走出來，手裡還拿著半片西瓜。

「媽媽，哥哥怎麼又惹妳生氣啦？」恩雅疑惑。

「我不讓爸爸幹媽媽！哈哈哈哈哈恩雅！媽媽好好笑喔！」喬洛斯猴子般閃躲，還順手抓了一大把地上的廢土，霰彈似扔向恩雅：「吃土！」

廢土直接命中恩雅的臉，恩雅一愣，隨即哇哇大哭。

「喬洛斯！」牧師太太氣急敗壞，幾乎要拿起地上的鏟子追打上去：「你這個孩子爲什麼老是這麼不受控！你知不知道寄宿學校會有多嚴格！那裡不會有……」

喬伊斯笑了，若眞能跟弟弟一起去唸英國的寄宿學校，其實也很值得期待。

「我要去！喬伊斯也要跟我一起去哈哈哈哈！我們要去寄宿學校囉！」喬洛斯左躲右閃，完全掌握了差點就被媽媽抓到的節奏。

「快停下來！」牧師太太這輩子恐怕沒有這麼生氣過。

「嘻嘻嘻嘻哈哈！欠幹的媽媽抓狂啦！」喬洛斯一腳高高跨過牧師的頭，在牧師老爸的頭頂上迴轉上半身，朝牧師太太扔了一把土。

「媽也吃土！」

那種身手根本就是職業棒球選手等級的妙傳，廢土炸得牧師太太的眼睛睜不開，一個踉蹌，整個身子斜斜摔進大洞裡：「啊啊啊啊啊……」

「媽！」恩雅尖叫。

牧師從祈禱中驚轉，衝向一旁的大洞：「天啊！」

「都是老爸挖洞害的！」

喬洛斯眞的快笑死了，瞄準牧師的屁股就是一腳飛踢：「爸！你也吃土！」

牧師在大洞邊由上往下看的姿勢，簡直毫無防備，喬洛斯這完美一腳，就這麼把牧師爸爸給踢倒。牧師在半空中重心歪斜，連回頭咒罵一聲的時間都沒有，就摔進洞裡。

媽媽跟爸爸連續摔下洞裡，恩雅嚇得嚎啕大哭，一旁的喬洛斯卻捧腹大笑，笑到躺在地上滾來滾去，還一直發出類似動物交配時的怪聲，笑到眼淚都流出來了。

「好好笑喔哈哈哈！快笑死我的啦哈哈哈哈！爸爸挖的洞眞的太好笑了哈哈哈還自己掉下去耶！」喬洛斯笑到尿出來，用力拍手：「啊啊啊不是啦！是被我踢下去的啦哈哈哈哈嘻嘻嘻嘻！」

牧師夫婦兩人摔進那麼深的洞裡，一時之間卻完全沒有喊叫聲或叫罵聲，肯定是直接暈過去了。

年幼的恩雅不知所措地大哭，卻沒有跑過去從洞口由上往下看確認，她再清楚不過，要是自己在這個時候靠近大洞，十之八九會被玩瘋了的喬洛斯給踢下去，至於她掉下去會不會受到重傷，根本不是這個爛哥哥會關心的事。

喬洛斯，在這個世界上只關心喬伊斯。只關心喬伊斯。

「恩雅，別害怕。」喬伊斯走過來，平靜地安慰他的妹妹：「他們只是暫時昏過去而已。妳應該害怕的，是別的事。」

恩雅繼續嚎啕大哭。

她知道，她清楚，她明白，在這個世界上沒有喬伊斯真正關心的事。除了他的惡魔雙胞胎弟弟喬洛斯。

「我該害怕什麼？」恩雅用力止住眼淚。

喬伊斯微笑，看向院子的另一頭。

一台老舊的凱迪拉克正好停在籬笆外面，熄火。下車的，是一臉憔悴的別克校長。

「哈哈哈哈哈那個老頭子來得正好！看我躲起來！等一下把他踢進洞裡！」

喬洛斯大驚喜，趕緊跑來跑去，想找一個好地方把自己藏起來。

「先別急呢喬洛斯。」喬伊斯安撫著慌慌張張的弟弟，笑道：「別急呢。」

只見喬洛斯跑來跑去，最後鑽到一堆亂七八糟的廢土裡躲了起來。

別克校長進來之前，還在門前整理了一下衣領，這才按了按門鈴。

喬伊斯親自開門的時候，一臉優雅的不明白。

「校長先生，其實只要你嘗試自殺的話，我們就可以在你的夢中相見，爲什麼還要特地跑這一趟呢？」說是這麼說，喬伊斯還是很有禮貌地帶著別克校長走過前院：「難道你是害怕你一不小心，就會自殺成功了嗎？」

沒有回話，沉默的別克校長放慢腳步，觀察著環境。

這裡明明是再普通不過的一戶人家，怎麼會誕生出如此怪物？是這一家人實在僞裝得太厲害，父親還假裝自己是一個牧師？還是他們也不知道，自己不小心生下了這麼樣的一個邪魔？

兩人來到後院，別克校長對這一片到處都是廢土的災難現場感到很吃驚，這個景象總算符合了對邪魔家庭「不正常」的想像。

「……你的爸媽在嗎？」別克校長終於開口第一句話。

「校長先生！我的爸爸媽媽不小心掉進洞裡了哇嗚嗚嗚，請你馬上救他們出來！」恩雅哭哭啼啼跑向別克校長：「求求你！快一點！我好怕他們死掉！」

「掉進洞裡？」別克校長有些遲疑，但還是忍不住往前一靠，果然看見一個很深的大洞，裡面躺著牧師跟他的妻子，貌似昏了過去：「他們挖這麼個大洞幹嘛？」

「不知道！求求你救救他們！」恩雅哭得很崩潰。

別克校長看向喬伊斯。

「大概是，我爸爸想尋找自我吧。」喬伊斯聳聳肩，一副說謊不打草稿。

別克校長冷冷地看著喬伊斯，慢慢地，從懷中拿出那一把曾經用來把自己的腦袋轟掉的手槍。這一次他學乖了，他沒有拿著手槍對準任何人，而是將裡面的子彈退出，扔在地上，然後將手槍用力丟向屋頂。

「我知道，只要手槍拿在我的手上，就一定殺不死你，更別提殺了我自己。」別克校長席地坐下，兩隻手放在膝蓋上：「惡魔，我今天，只是來聽一個眞相。」

「只是來聽眞相？」喬伊斯看起來有點失望。

「你是誰，到底一切是爲了什麼？」別克校長的聲音很沉穩，感覺志在必得。

喬伊斯笑了出來。

「你的眼神裡沒有失去希望呢，這一點眞教人佩服。」

喬伊斯也乾脆坐下：「我還不知道是什麼原因讓你捨不得放棄把我幹掉，但你盡可能僞裝得無害，這一點非常値得嘉許。既然你這麼努力，你要的答案，就當作是稱許你的獎盃。」

一下子就被識破了嗎？不可能。

別克校長看著哭哭啼啼的恩雅：「你妹妹在這裡聽，不要緊嗎？」

「不要緊的，她不是重要的人。」喬伊斯完全不在乎。

「你的妹妹，不是重要的人？」別克校長冷笑。

「你喜歡的話，可以一邊勒住她的脖子，一邊跟我講話，不小心勒死了也無所謂。我妹妹就如同你的老婆一樣，必要的時候，都是可以爲自己犧牲的人，都不是重要的人。」喬伊斯如此說話的時候，也是笑笑地看著恩雅。

哭。

恩雅不知道這種怪對話是所爲何來，只知道沒有人要救爸爸媽媽出洞，哇哇大

「你憑什麼……憑什麼這樣說！」別克校長鐵青著臉。

「我眞是服了你，連私下幹掉自己妻子的時候，都能說出一番冠冕堂皇的話。」

喬伊斯從容不迫地看著別克校長的雙眼，不疾不徐地說：「承認吧，一旦你的妻子甦醒過來之後，不管要不要對你提出控訴，都是她自己的決定，她往後的人生有多傷心痛苦也是自己的承擔，你替她難過什麼呢？你根本只是在假裝爲了她好呢校長，從任何角度來看，你都是一個臉皮特別薄的人，沒有勇氣面對鎭民大眾的責難，沒有勇氣上法庭，沒有勇氣接受身敗名裂的人生，你啊，根本不想面對自己其實是一個很糟糕的人，想來想去搞不定，只好硬著頭皮把老婆殺掉，很明顯你將自己的名譽，擺在老婆的性命之前呢。」

「我沒做！都不是我做的事！憑什麼要我面對！」

「……不是自己做的事，也願意承擔，這不就是眞正的勇氣嗎？」喬伊斯微笑。

這一句似是而非的畸形反問，竟然令別克校長面紅耳赤，氣到不知該怎麼反駁。

「校長，你一直都是這樣，放任羞恥心凌駕於責任感，所以寧願簡簡單單一槍把自己的頭爆掉，也不願意負起將你創作出來的怪物好好收拾掉的責任，你總之就是不

想面對，只想逃避。」

這又是什麼樣的鬼話連篇，氣到快中風的別克校長奮力深呼吸了好幾次，才勉強鎮定下來，重振旗鼓。

「要我面對的話也行，我必須知道強迫我面對的你，到底是人，還是惡魔？」別克校長緊緊握住拳頭，克制身子往前拱。

「我是人，不是惡魔。」喬伊斯眨眨他那清澈的藍眼：「這個世界上，根本沒有所謂的惡魔，惡魔只是一個人造的負面道德概念，或者，是出自於人類對非人生物的一種代稱，比如，外星人吧？」

「別扯遠了，如果你是人的話，爲什麼可以控制別人的意識，你是超自然能力者？」

「我從一出生，就活在綠石鎭上每一個人的夢裡，自由來去所有人的夢境，就是我成長的方式。」喬伊斯侃侃而談。

這個部分，倒是印證了別克校長的一部分猜想。

喬伊斯的超齡，來自於他高密度地榨取他人的人生。

「夢裡的時間特別漫長，長到令我深刻了解鎭上每一個人的祕密。誰教大家都喜歡把平常不能做的，不敢想的，甚至是不願意想的，通通都藏在夢裡呢？不管是多麼無聊的人，都能作出很多非常好玩的夢。不管是多麼正經八百的人，都有一些骯髒齷齪的想法。不得不說，我在大家的夢裡玩得非常開心，那些祕密眞是，太，令，人，愉，快，了。」

「重點是，你……爲什麼會有這種，進入別人夢裡的能力？是怎麼得到的？」

「就跟呼吸一樣自然，我也不知道自己是如何開始的，對我來說這也是一個難得的謎吧。而我很快就發現，夢充滿了潛意識的能量，我在大家的夢裡待得越久，就越是吸收大家的精神能量。」

「小偷！」

「小偷也無所謂，但我自己覺得比較像美食家。你們每天都在作夢，醒來時，卻一個也不記得作過了什麼夢，因爲這些夢都被我完全吸收了。用最簡單的話來說，就是被我吃光光了。」

「原來是這樣，我一點也沒有印象自己最近作過什麼夢……」

「漸漸地，或許是熟能生巧吧，我發現自己不但可以吃光大家原本正在作的夢，但如果我願意讓大家繼續作夢的話，我還能夠隨意改變大家作的夢。在夢裡，只要我一創造出什麼東西，馬上就可以變成潛意識的符碼，迅速改變作夢的人的性格。」

「……」

喬伊斯第一次跟別人說這種事，倒是充滿了耐心：「比如說，一個人在夢裡看見自己養了十年的老狗，我就能夠將夢中的老狗改造成盲目又噬血的猛獸，在夢裡追咬他的主人。一旦他醒來後，看見身旁忠心耿耿的老狗，馬上就會感到恐懼，漸漸疏遠。」

「你，改造了我的意識？」

「校長先生，你想太多了，我太喜歡你的自我意識了，所以完整保留了你的思考，甚至幫助你實現你卓越不凡的想像，將鐵腕碎石機、黑屌刺客、忘了穿衣服的黑魔鬼，通通都帶到這個世界上，他們，只需要寄居的肉身！」

「這個部分一點也不合理！」

「要毀掉一個人的人格，實在太簡單了。但是要創造出一個新的人格，就複雜許多。所有的一切，都必須建立在，這個人格必須深信自己確實存在這個世界上，所以，他的童年經歷過什麼事，喜歡的科目是什麼？最喜歡讀的一本書？有沒有被小狗追咬的經驗？有沒有從土裡挖出蚯蚓再將牠切成一半？太多芝麻綠豆的細節值得經營，塑造出來的人格才夠紮實頑強。親愛的校長，你花了大量的時間與精力，在琢磨那三個黑人怪物的個性細節，在構造那三個黑人怪物的一生，你是他們偉大的父親，而我，只不過是在鎮上每個人的腦袋都開了一道後門，讓你的孩子可以自由進出所有鎮民的肉身，充其量我不過是一個樂於幫你跟你的孩子，實現夢想的好心人呢。」

「……在每一個人的腦袋裡，都開了一道後門？」

別克校長驗證了先前的猜想沒錯，果然，喬伊斯曾經帶他走過的，那一個充滿「門」的夢世界。在那裡，每一道門的背後，都塡裝了好多好多的聲音，肯定就是通往不同鎮民的腦意識捷徑。

「你不是體驗過了嗎？你進了夏奇爾副警長的身體裡，用他的老二狠狠地教訓了尙恩警官的老婆一頓，那種絕對不需要負責任的打砲滋味，一定令你再三回味吧！」

別克校長激動地反駁：「我非常看不起夏奇爾跟雪莉之間的骯髒關係！而且我強姦了誰？夏奇爾跟雪莉本來就有姦情！我用夏奇爾的身體上了雪莉，根本就沒有錯！」

「你當然沒有錯，你做得很好，你簡直是替天行道！只不過，黑屌刺客也恰恰好用了你空出來的肉身，去操了一下你的老婆。話說你的老婆已經很多年沒做愛了，陰道皺巴巴的乾得要命，所以黑屌刺客跟忘了穿衣服的黑魔鬼，也算是去執行一個人道任務。」

「好！依照我的邏輯！黑屌刺客用了我的肉體去跟我太太做愛，我沒話說！但爲什麼忘了穿衣服的黑魔鬼也去操我的老婆！憑什麼！」

喬伊斯莞爾。

「威金斯警長，其實是你太太多年以前的暗戀對象，你不知道嗎？」

「……什麼？啊？」別克校長呆住。

「我吃了整整九年的，你太太的夢，不會錯的。」

「……」別克校長兩眼無神。

「你不知道你太太跟威金斯警長，曾經在國標舞聯誼會中擔任彼此的舞伴嗎？雖然只是在一起學跳舞的好朋友，但愛情的種子就在那個時候默默播下的呢。」

「不……不會的……」

「你太太在跟你還有性生活的時候，一邊被你搞，總是一邊幻想著威金斯警長的老二插進她的陰道，她才能濕。更不用說一個人自慰的時候了。」喬伊斯充滿遺憾的語氣：「事到如今，我有什麼理由騙你呢？其實那天交換身體的晚上，你太太看見威金斯警長硬挺的老二、傻呼呼地操幹著她的時候，她其實是有一點被虐的快感喔！」

別克校長扯開喉嚨咆哮：「我不相信！」

喬伊斯哈哈一笑：「你明明就信我信得要命，幹嘛用大吼大叫來掩飾你的覺醒呢？校長，你想想那個畫面，自己的丈夫帶著自己多年以來的性幻想對象，一起聯手把自己操翻，是不是沒有你想像中那麼糟糕呢？我可是好好實現了校長太太多年以來的夢想呢！」

「憑什麼！爲什麼！我不相信！絕不可能！」

「當然，黑屌刺客跟忘了穿衣服的黑魔鬼是比較粗暴，但那不也是你的角色設定嗎？」

「啊啊啊啊啊啊啊啊啊啊啊啊！你是魔鬼！你是邪靈！」

「都說了我是人。」喬伊斯抓抓頭，露出天眞無邪的表情：「我只是喜歡吃夢。」

「哥哥，校長先生爲什麼那麼兇，爲什麼你們說的話我都聽不懂……」恩雅感到很害怕：「爲什麼你們忙著聊天，卻不救爸爸媽媽……」

「哈哈哈哈哈……哈哈哈哈哈哈哈！」

別克校長怒極反笑，笑得非常誇張，笑得極爲淒厲。

「什麼事那麼好笑呢？願意分享給我一起笑嗎？」喬伊斯的眼睛閃閃發光。

「哈哈哈哈哈哈哈哈！臭小鬼！你一定以爲！我絕對殺不死你吧！」

此時，喬洛斯忽然從一旁的廢土中衝出來，在半空中飛出一腳。

「講太久好無聊！嘻嘻哈哈哈！」

喬洛斯的確是用力踢中了別克校長，卻沒能踢倒他。

別克校長一把抓住喬洛斯，用力一拳朝臉揍下去，其力道根本沒有顧慮到對方還是一個小孩子，再一扭，將哇哇大叫的喬洛斯整個踩在地上。

「……」喬伊斯皺眉，看著痛得慘叫的喬洛斯。

只見別克校長拿出一副手銬，將自己的手跟喬伊斯銬在一起，再用力扯開衣服，露出綁在身上的一大串塑膠炸彈，上面還有一個正在倒數計時的數字鬧鐘，螢幕顯示所剩時間不到一分鐘。

「你可以控制我的腦袋，讓我求死不能，又殺你不得！但是你絕對控制不了定時炸彈吧！你控制不了機器！」別克校長狂喜，更加加重了腳下的力道：「我花了一點時間問你東問你西，就是想把炸藥的時間讀完！怎麼樣！大家今天就一起炸成碎片吧！」

原本忙著哇哇大叫的喬洛斯，一聽到等一下大家會一起炸成碎片，忍不住尖叫：「好耶！原來校長那麼酷！好耶哈哈哈哈嘻嘻嘻！」

「……」喬伊斯看著定時炸彈上的數字，只剩下四十二，又看了看手上將自己與別克校長連結在一起的手銬，臉色變得很難看。

別克校長勝券在握，激動不已，時間所剩不多，即使喬伊斯進入自己的意識，逼令自己把手鋸掉再獨自跑到遠處自爆，也絕對來不及，況且炸彈威力驚人，現在在這裡引爆炸彈，十公尺以內的人畜物都會炸成血肉塵埃，可說是萬無一失的同歸於盡。

「最後一題！」別克校長看著面露絕望的喬伊斯，用力質問：「告訴我，臭小鬼！你惡搞了鎮上所有人，到底圖謀著什麼事！」

喬洛斯哈哈大笑。

恩雅哇哇大哭。

「你問我想幹什麼？」喬伊斯的語氣流露著淡淡哀傷：「我只是把這些年，我欠大家的祕密，一口氣還給大家罷了。讓大家重新擁抱自己的祕密，不再壓抑，不再裝模作樣，這樣不是挺好的嗎？」

只剩十三秒。

別克校長放肆大笑：「冠冕堂皇！眞有你說的呢！」

說著說著，別克校長突然將自己的手一扭，連筋帶骨地扯斷，血肉紛飛。

喬伊斯笑笑地晃著自己的小手。

他的手是還在銬著手銬，但手銬另一頭的別克校長，卻沒有那隻手。

不知道自己哪來的力氣，別克校長呆住。

只剩五秒。

「你的計畫似乎沒有你想像中的完美。」喬伊斯指著院子裡的大洞。

身軀一震，別克校長拔腿飛奔，一個箭步就往大洞裡跳。

「不可能！不可能就這樣結束！」

別克校長無法控制自己的身體，只能以奇怪的姿勢躍入洞裡。

轟！

大洞很深。深到炸藥整個引爆的時候，只在院子裡激起幾把連血帶肉的廢土，甚至沒能噴到喬伊斯或喬洛斯的臉上。

喬伊斯搖搖頭。

「眞是無聊。」

喬伊斯看著坐在自己對面的別克校長。

別克校長呆呆地看著喬伊斯，慢慢地，別克校長這才意識到自己竟然還活著。

他身上綁定的定時炸彈，倒數時間還有十秒。

不，十一秒。

十二秒。

……數字還在不斷增加中。

「這是……爲什麼我沒有死？」依舊是坐在廢土一堆的院子地上，別克校長迷惘地看著身上的定時炸彈。

剛剛自己不是把手硬生生扯斷，然後跳進洞裡炸成碎片了嗎？

怎麼現在不僅沒有死，還好端端坐在這個惡魔面前，看著定時炸彈的數字不斷增加？

「我只是想告訴你，即使你想靠定時炸彈跟我同歸於盡，也只是徒勞無功。」

「……」別克校長打了個冷顫：「所以剛剛，也是一場夢境嗎？」

喬伊斯眨了眨湛藍色的眼睛。

到底從什麼時候開始，是現實的延伸，又是從那一刻開始，是夢境的擴染？眞的，有那麼重要嗎？

「請問，這幾天你從哪弄來的定時炸彈呢？親愛的校長？」喬伊斯皺眉。

「……呃？」別克校長斜斜歪著頭。

「一個普通人，臨時要弄到炸藥，其實相當不容易吧？」

「啊？」別克校長的頭更歪了。

「更重要的是，組裝定時炸彈雖然不是什麼了不起的技術，但你哪來的，組裝定時炸彈的能力呢？你曾經在軍隊服役的時候學過這類的技術嗎？在學校的實驗室裡嘗試過這樣的操作嗎？」

「……」

喬伊斯嘆氣。

別克校長低頭，發現自己身上的定時炸彈消失了。

連手銬也消失了。

一抬頭，別克校長發現自己站在擁有無數道門的長廊中。

啊，這裡是，集結了全鎮夢境的特殊意識空間。

所以自己在剛剛的某一瞬間，忽然睡著了嗎？

夢境的主持人，喬伊斯，就站在自己的面前。

「如果我眞的在你的大腦裡開了一扇後門，隨時隨地都可以看見你在想什麼，當你第一時間想要組裝定時炸彈跟我同歸於盡，我又怎麼會不知道呢，親愛的？」

喬伊斯抓了抓頭，露出天眞無邪的笑容：「回歸到原點，不懂得從哪裡搞來炸藥，又根本不懂怎麼組裝定時裝置的你，爲什麼會突然生出這種想法對付我？」

「你在我的腦中偷偷植入這個念頭！你誤導我！」別克校長聲嘶力竭。

「是你的惰性，放任自己輕易被誤導。」喬伊斯搖搖頭，極度地失望。

他還以爲，這個滿腦子畸形種族歧視思想的爛校長，至少願意花時間構思出非常厲害的正義角色，自我植入全新的英雄，去對付他之前構思出來的那些爛人。

沒想到，他僅僅輕易相信了一個簡單的、用定時炸彈同歸於盡的廉價想法，沒能更進一步地將這個遊戲玩得更好，玩得更盡興。

「給了你那麼多時間去思考怎麼對付我，結果你就這麼相信了一個……定時炸彈？我眞的有一點點失望呢。搞了半天你連自己都殺不死。」

唉。

眞是無聊，一下子就看穿了別克校長的潛力極限，好像無法更進步了？

「既然你沒有辦法對付我，至少也得好好面對一下自己的慾望吧，校長。」

「……你想幹什麼？」

「我說，你至少得好好面對一下自己創造出來的怪物，不是嗎？」

「我聽不懂你在說什麼！快點殺死我！收起你那張踐屁的臉！少在那裡鄙視別人的人生！省省吧！我沒有什麼東西可以失去的了！快點殺死我！」

喬伊斯微笑。

「開始了，校長。」

「開始？」

「美好的夜晚，就快開始了呢。」

喬伊斯站在夢境長廊中央，彎腰，做出邀約的動作。

無數的門，門後無數的聲響。

是祕密在喧囂，是慾望在沸騰。

「今天晚上會很棒，你啊，也算是主角之一，實在不應該待在這裡浪費時間大吼大叫的，得好好享受才行。」喬伊斯推開其中一扇粉紅色的門。

別克校長不由自主走了進去，口中不斷叫嚷：「臭小鬼！有種殺了我！殺了我！」腳步不停。

喬伊斯看著門關上。

這個無聊的小鎮需要一個超級大高潮。

如果無法更有趣，自己就好好在這個晚上徹底奉還所有的祕密吧。

然後在今夜過後離開沒有祕密的小鎮，尋找下一個遊戲對象。

一個，或幾個，可以勢均力敵的，遊戲對象。

40

綠石鎮一向不需要什麼警力，而住在綠石鎮的居民們也以這一點爲榮。居民過得平靜，也喜歡平靜，不過也許就是因爲太平靜了，當警力有限的這個小鎮需要對抗些什麼的時候，幾乎所有的壯丁都拿出家裡的獵槍，抱著興奮的莫名情緒參與這一場狩獵邪惡的戰鬥。

這幾天的透娜家，只能用人聲鼎沸來形容。

遲遲等不到自投羅網的「凶手」，原本已漸漸鬆懈下來的透娜家，在三天前發生的玉米田慘案後，鎮上最好的打獵槍手又緊繃起神經。今夜他們要獵的，不是鹿，不是野鴨，而是讓綠石鎮蒙上血腥傳說的變態姦魔。

今晚，會非常漫長。

「唉，現在有夏奇爾的下落了嗎？」阿雷先生在餐桌邊擦槍，表情憂心忡忡，心裡卻有股莫名的激昂。他去年獵到了第一隻飛來綠石鎮過冬的野雁，今天晚上，他也想成爲命中凶嫌的第一人。

「還沒聽聞呢，唉，照這個鎮正在走霉運的慘況，我看是凶多吉少。」洛桑先生緊皺眉頭，出事的警車被發現的地點就在他所擁有的玉米田旁邊，眞是晦氣。

警車副駕駛座上，倒楣的尙恩警官被一槍爆頭，警車外，失心瘋的蒙特太太原因不明地死在地上，至於報案請求支援的夏奇爾副警長，最後的腳印很明顯是走向玉米田，多半是去追捕犯案的凶手，過了兩天卻依舊下落不明。

「嘖嘖，尙恩也死得太慘，這麼年輕，老婆還那麼漂亮。」腰間一團肥肉的史蒂芬，架在餐桌上的雙腳晃啊晃，他故作輕鬆拿起獵槍，朝著窗外試著瞄準，假裝扣發扳機。

「可不是？連警察都遭殃了，到頭來我們還是得靠自己。」洛桑先生拿起桌上的披薩啃了一大口。這已經是他吞下的第七片披薩了。漫漫長夜，他還得繼續亂吃東西打發時間。

「晚飯前我聽威金斯警長大發雷霆，說鎭上的警力早就負擔不了，聯邦調查局已經派專案小組過來接手，過了今晚，透娜也會被移送到安全的地方。」愛釣魚的鮑爾在餐桌上擺出三把造型誇張的獵刀，每一把拿來屠熊都綽綽有餘。

「聯邦調查局？眞難想像我們這種小鎭請得動那種單位。」

「又不是什麼好事，我看威金斯警長也很丟臉吧。」

「照我說，聯邦調查局早該來了，我們這個鎭根本就是中邪。」

坐在樓梯間的老肯尼倒是一言不發。

看起來心事重重的老肯尼只是將手槍裡的子彈一顆顆倒了出來，像是慎重其事地對每一顆子彈祈禱，再一顆顆填回去。他的兒子小肯尼至今洗脫不了重嫌，正跟大胖子尤比一塊兒被羈押在警局的拘留房裡，如果真正的凶手遲遲無法落網，到了法庭，他的兒子該如何洗脫冤屈？

老肯尼拿起腳邊溫掉了的啤酒，悶悶地喝了一大口。

「蒙特現在的心情一定很糟糕吧，整個鎮最想跟凶手對決的一定是他，但他也給羈押在警局裡，我們得代替他，好好把這個王八蛋的腦袋給轟掉。」史蒂芬是一個退伍軍人，年輕時卻一槍也沒對人開過，又怎麼會錯過這次的機會。

「話是這麼說的嗎？蒙特先生自己也沒擺脫不了嫌疑吧，他連馬克太太都可以從殯儀館偷出來搞姦屍了，更別提還活著的馬克太太。搞不好他也做了什麼？」

「上帝保佑馬克太太。」

「上帝保佑。」眾人齊聲，不約而同在胸前劃上十字架。

「我們都認識蒙特那麼久了，別這麼說他。他現在肯定是整個鎮最慘的人。」

「牧師呢？這個時候牧師先生應該幫大家祈福的，這幾天連人都沒看到。」

「昨天我經過他家的時候，他正在院子裡挖洞。」

「我也看到了，問他挖洞幹什麼，他只唸了一段聖詩給我。」

圍繞著餐桌的大家你一言、我一語，牆角堆滿了空啤酒瓶，那是連續好幾個晚上下來，所有輪流到透娜家守夜的鎮民所留下。接著，大家如往常般開始打牌小賭，打發時間。

其實這些平常只能射射鴨子、種種玉米田的鎮民，連日輪班守衛下來，心情已大大不同。他們已經厭惡了整個晚上打牌聊天喝酒吃烤披薩，厭惡了無聊，厭惡了等待，厭惡了壞消息。幾管擦了又擦的明亮獵槍湊起來，再加上夾雜著無數咒罵的嘴砲，已經點燃了大家心中的戰火。如果變態凶手眞的點名了要侵犯透娜，那就依約快來吧！有種就挑了這一群男人，別針對小女孩來！

樓上，被當成目標的透娜，自己倒是睡得很香。

房門外的透娜爸爸坐在一張靠門的小沙發上，腳邊斜放著一柄獵槍。鎮民巡守隊的好意他當然樂於接受，但女兒的房間他不放心交給任何人，他得親自用生命把守。樓下喝酒打牌的叫嚷聲讓他覺得很安心，不管是什麼妖魔鬼怪都得通過樓下那幾把獵槍才能上樓，那可是亂槍齊發的壯觀畫面。

「……」透娜爸爸打了一個呵欠。

明天開始，透娜就會交給聯邦調查局去保護了，他們那些犯罪專家，一定有專業的辦法保護女兒吧。到時候就能夠放心了吧，自己可要好好謝謝這些左鄰右舍這些夜晚的陪伴，這陣子實在是非常感激。

半夜兩點十三分。

餐桌上的賭局越來越沉悶，角落的空酒瓶越堆越多。

透娜爸爸拄著下巴，終於坐在女兒房間門口睡著了。

一台警車慢慢停在房外。

「也差不多該來看看了吧？」鮑爾看著窗外，每天晚上都有兩班警察過來簽到。

不等門鈴響，有些醉意的阿雷先生就主動開了門。

「警長，有什麼好消息嗎？」阿雷先生打了個很臭的酒嗝：「要進來喝一杯嗎？」

只見威金斯警長目瞪口呆地看著站在門口的阿雷先生，又看了看坐在客廳與樓梯的六個鎮民，一臉難以置信：「你們幹什麼不穿衣服？」

「啊？」房子裡所有人停下手邊的紙牌，不明就裡地看向威金斯警長。

警局的同仁被殺，副警長不見蹤影，威金斯警長原本就心情超差，此刻更是氣惱地大叫：「天殺的！你們這一群白痴！在這裡守夜就守夜，胡鬧什麼啊！萬一透娜突然醒來下樓喝水怎麼辦！沒遇到變態殺手，倒是先遇到了一大堆糟糕透頂的變態叔叔伯伯！」

「在說什麼啊？」洛桑先生有點著惱。

「我叫你們好好穿上衣服！」威金斯警長大吼。

鮑爾、阿雷、洛桑、史蒂芬、老肯尼，所有槍手狐疑地看著威金斯警長，又看了看彼此。一開始大家都一臉莫名其妙，忽然之間，所有人都嚇了一大跳，同時發出崩潰的大吼大叫聲。

「我怎麼沒穿衣服！」鮑爾面紅耳赤。

「不可能吧！」阿雷先生整個人像是觸電一樣。

「我的天啊這未免也太……」洛桑極度震驚所有人都一副皺巴巴地垂晃老肉。搞什麼啊！這個景象也太荒謬了，比凶手突然出現在眾人之中更加難以置信！

每個槍手都慌慌張張地在找自己的衣服，卻沒有一個人找到任何一條褲子、一件衣服、一頂帽子，甚至連一隻鞋子也沒有。

「該不會我們根本就沒有穿衣服過來吧？」老肯尼下意識用手遮著睪丸。

「怎麼可能！」史蒂芬發現自己連襪子也沒穿，十分崩潰：「哪可能就這樣赤身裸體地走過來啊！」

「等等……」鮑爾寒毛直豎，打了一個冷顫：「剛剛凶手該不會偷偷進來，摸走了大家的衣服吧！」

「什麼鬼話！哪有這種可能！」史蒂芬渾身不對勁，拿著獵槍到處捕捉任何值得開槍的東西：「一點都不可能！我們一定是被下藥了！」

「天殺的你們這群蠢豬！到底是來守夜還是來現醜的！」威金斯警長氣到不行。

此時，所有槍手都看著氣急敗壞的威金斯警長。

總是很有威嚴的威金斯警長，此時正一絲不掛地站在大家面前，手裡還拿著……

「你幹嘛也脫光光！」阿雷先生大叫。

「！」威金斯警長一怔，驚覺自己一身白肉，大剌剌地站在眾人面前。

自己，爲什麼，要，全裸，出現，在，這裡，呢？

「……到底？」威金斯警長全身大冒冷汗。

所有人都靜默了。

所有人的視線，都慢慢下降，集中在威金斯警長手中的一大把褐色頭髮。

那褐色頭髮連結著一顆頭，頭連著頸子，頸子連著整個身體，就這麼被拖在威金斯警長的手中，可是大家赤裸裸地對著彼此大呼小叫了那麼久，卻直到現在才注意到這麼難以忽視的怪狀——馬克太太的屍體！

馬克太太倒楣透頂的屍體！竟被威金斯警長從警車上給一路拖了進來！

「天啊！什麼鬼！」威金斯警長全身激烈彈開。

馬克太太的屍體咕咚一聲摔在地上，所有人都嚇得魂飛魄散，胡亂舉起獵槍，本能地朝著屍體一陣亂射！砰砰砰砰砰砰砰砰砰砰！早已無法動彈的屍體當然立刻挨了好幾槍，還冒著冰凍寒氣的屍身被子彈轟得皮開肉綻，堪稱是綠石鎮創鎮以來活動力最強的一具屍體。

「冷靜！」老肯尼大叫的時候，子彈正好射完，緊扣著扳機的雙手卻還在顫抖。

「怎麼可能冷靜！我們全都被擺了一道！」

「不是被送回殯儀館了嗎！天殺的馬克太太到底爲什麼在這裡！」

「住嘴！我怎麼知道！我怎麼可能知道！」

「天啊她剛剛變成殭屍了嗎！」

「在哪裡！那個王八蛋癟三無恥之徒到底在哪裡！給我出來！」

「狗娘養的……我們肯定被下毒了！」

大家正在崩潰抓狂的時候，透娜驚慌失措地從樓上摔出來。

「快射死他！他不是人！」

赤身裸體的透娜，勉強扶著牆壁才能站穩，她一臉鼻青臉腫地連聲咒罵：「操他媽的我竟然被那隻豬給強姦了！快射死他！不要猶豫！快開槍！開槍！開槍！」

？

情緒失控的透娜，下體濺出不正常的大量鮮血，一個踩滑，立刻連滾帶爬慘跌下階梯：「啊啊啊啊啊啊啊快……啊啊啊啊啊！」弄得整個樓梯都是亂七八糟的血漬。

「凶手在樓上！」威金斯警長大叫。

顧不得裸體了，大家趕緊把槍對準透娜後方。

只見透娜爸爸笑嘻嘻地大笑走出樓上轉角，興致高昂地展現著他堅硬挺拔的下體。

豈止下體滴著血，他的下半身全都沾滿了血手印血腳印，看來剛剛經過一番惡戰。

「老女人鬆鬆垮垮的老陰道果然不能比啊！主人！你陰道超緊的——眞！正！棒！」透娜爸爸豎起大拇指，讚不絕口地推薦：「現在輪到你幹主人了！忘了穿衣服的黑魔鬼老弟！你在哪啊老弟！」

什麼？

他在說什麼啊？

摔得極度狼狽的透娜慘叫：「還不射他！」

威金斯警長猛然回神，舉槍對準透娜爸爸：「他就是變態凶手！」

豈止透娜一個人超慘超狼狽而已，所有不知羞恥的裸體叔叔伯伯趕緊舉槍朝上，一邊補子彈，一邊瞄準那一個邀請大家前來保護他女兒的好爸爸。只要透娜爸爸敢輕舉妄動，這些子彈將會洩恨般將他打成馬蜂窩。

透娜爸爸擺出一個自以爲帥的詭異姿勢，猥褻地抖動他的老屁股。

「哈哈哈哈哈哈哈！老弟——開動啦！你到底要躲到什麼時候啊！」

靈魂構造

黑屌刺客

別克校長

肉體寄居

珍妮佛．透娜

透娜爸爸

41

這裡是哪裡？

好多的門。

上面，下面，左邊右邊，彎彎曲曲的四面八方都是門。

威金斯警長，鮑爾，阿雷先生，洛桑先生，史蒂芬，老肯尼，全都站在這個由祕密構成的無限延伸夢世界裡，他們的表情充滿了茫然不解，就連恐懼的本能也來不及開啓，因爲他們連上下左右的方向性都迷失了。

門有很多顏色，門的後面充斥著各式各樣的聲音。

喃喃細語的聲音。吵鬧咆哮的聲音。竊笑的聲音。神經質咒罵的聲音。捧腹大笑的聲音。奔放爽朗的聲音。喘息聲。信誓旦旦的自言自語聲。高亢朗誦的聲音。歡欣鼓掌的聲音。哭哭鬧鬧的聲音。吃吃發笑的聲音。淫蕩豪放的叫床聲。幽幽的啜泣聲。

「這是哪？」史蒂芬發現手中的獵槍不見了。

「咦……這裡還是……鎮上嗎？」鮑爾覺得有些頭下腳上，但全身還是赤裸無誤。

感覺好不眞實的一個空間，綠石鎭有這樣的地方嗎？

正當大家感到一頭霧水的時候，一個身材高大痴肥、眼神看起來有智能低下傾向的顢頇黑人，不知何時站在眾人之前。不必說，這個胖大黑人也是一絲不掛。

「呵呵……呵呵呵呵，大家都沒有穿衣服呢呵呵呵呵……呼嚕呼嚕……」

胖大黑人笑得有些靦腆，一邊搔著肥得像條蟒蛇的粗老二。

從胖黑人的巨腳後，走出一個小孩子。

眾叔叔伯伯一下子就認出來，他是鎭上牧師的雙胞胎兒子之一的喬伊斯。

「沒有穿衣服的黑魔鬼，差不多要準備起跑囉。」喬伊斯微笑。

「呵呵呵呵準備起跑什麼啊？」胖大黑人持續抓著老二的癢。

「準備搶門啊。」喬伊斯莞爾：「搶到了門，才可以去幹你主人呢。」

「我要！我要幹主人！」胖大黑人異常激動，當眾打起了手槍：「我要幹我要幹！我要幹主人！」

還沒人搞懂這是怎麼回事之前，喬伊斯輕輕拍著手。

不曉得是如何啟動了魔法的開關，原本擠在四面八方的房間只剩下了六個。

「大風吹。」喬伊斯燦爛的笑容。

「吹什麼？！」胖大黑人興奮大叫。

「吹……跟馬克太太有過一腿的人。」喬伊斯一笑。

眾叔叔伯伯面面相覷。

「有過一腿是什麼意思啊呵呵呵呵……？」胖大黑人打手槍的動作有些遲疑。

「就是曾經幹過馬克太太的意思。」喬伊斯不厭其煩。

「幹過？我幹過！」胖大黑人大吃一驚，拔腿就衝向其中一道門，邊跑邊大叫：

「我幹過馬克太太！我幹過我幹過！」

打開門，胖大黑人衝了進去。

門自動關上的瞬間，消失在空間視線之中。

「喬伊斯，這是怎麼一回事？」威金斯警長直覺這個小孩子很不對勁。

「只剩下五個門了，但你們卻有六個人。」喬伊斯皺眉，沒有正面回答問題。

「門？這裡是哪裡，你知道嗎喬伊斯？」阿雷先生直截了當地問。

喬伊斯只是維持著超齡的優雅。

似乎，他覺得這個問題很蠢。

又看起來，他又認爲，想知道的話，儘管去推開門不就得了？

「……大王，我也……我也可以玩嗎？」

熟悉的聲音出現在眾裸體叔叔伯伯身後，大家本能地回過頭。

聲音的主人，是失蹤三天的夏奇爾副警長，他穿著一身染血髒污的警察制服，站在長廊深處，表情看起來非常憔悴，非常，非常非常憔悴。

「夏奇爾！你這個王八蛋死去哪啦！」

威金斯警長又驚又喜，跑過去一把勒住他的脖子，將他又拖又拉地扯到眾人之間，大家感到詫異之餘，紛紛給予夏奇爾熱烈的擁抱。

面對大家的熱絡，失魂落魄的夏奇爾完全沒有反應，也沒有跟大家打招呼，只是露出哀求的懇切眼神。那個樣子，簡直就是搖尾乞憐的一條狗。

「大王，如果我開門進去的話，是不是……我的人生也可以重新開始！」夏奇爾渾身發抖。

「人生重新開始當然是完全沒問題的啊，但我們現在正在玩大風吹，吹的是有幹過馬克太太的人呢。」喬伊斯看起來十分好奇，眨眨眼：「夏奇爾副警長，請問你搞過馬克太太嗎？」

「……沒有。」夏奇爾看起來很失落，簡直就像是隨時都可以死去一樣地沮喪，但隨即精神一振：「但我可以馬上去幹！我絕對沒問題的！」

「很好，威金斯警長已經幫你把馬克太太搬過來了，你準備好了嗎？」

「隨時！隨地！我的肉屌就是爲了插入馬克太太而生啊！」夏奇爾生怕喬伊斯反悔，不等最後確認就往其中一個門狂衝：「謝謝大王！」

門被夏奇爾衝開，隨即消失。

42

夏奇爾副警長醒來的時候，打了一個很冷很冷的哆嗦。

看了看自己乾乾癟癟的身體，完全認不出來自己現在住在誰的身體裡，每一吋肌肉與皮膚的感覺都很陌生，連視線的焦聚都很異樣。不管怎麼樣，從今以後，還請多多指教了這具身體。

「啊啊啊啊啊啊啊快點救我！我快痛死啦！」

夏奇爾轉頭，看見透娜正在被上……被阿雷先生毫無節制地從後面亂塞亂幹。

「呵呵呵呵……主人！我正在幹主人耶！」

全裸的阿雷先生傻呼呼地笑著。

透娜的頭髮被抓在阿雷先生的手上，像騎馬一樣用老二操控著她的陰道，駕馭著她孱弱的身軀。透娜使勁尖叫咒罵的時候，露出一嘴被打爛打缺的牙齒。

夏奇爾環顧四周，除了一堆中年大叔橫七豎八地躺在地上呼呼大睡之外，他看見馬克太太的屍體依照約定地倒在門邊，只是身上有好多窟窿，血肉模糊到了一種匪夷所思的地步。

他倒抽了一口涼氣，既然答應了大王，還是得打起精神開幹。新生的夏奇爾試著打了一下手槍，可面對這麼一具還沒退冰卻又支離破碎的屍體，夏奇爾眞的無法勃起，此時看了看門邊玻璃的反射，夏奇爾確認了自己正寄居在威金斯警長的身體裡，也算是一種升職了吧？但警長年久失修的老二，實在令自己非常困擾。

「啊啊啊啊啊啊啊殺了我！殺了我！我要回到那裡！我要重新開始！」

透娜慘叫的程度，恐怕不只是被插，還得加上被插錯洞的聲嘶力竭。

「主人好緊！主人好緊！」阿雷先生一手抓著透娜的長髮，一手毆打透娜紅腫瘀青的小屁股，胡亂吆喝：「我的小雞雞好像快要爆炸啦！好緊！好緊！呵呵呵主人眞的快緊死我了啊啊啊啊啊啊！」

「警長！殺了我！」透娜高高挺起血淋淋的屁股，朝著夏奇爾慘叫：「天殺的快拿起槍！殺！了！我！」

透娜爸爸正蹲在地上喝啤酒，笑嘻嘻地看著夏奇爾：「警長？是警長嗎？反正叫我老爸幫你吹一下就硬了，怎麼樣？」

夏奇爾有些難爲情，但還是點了點頭：「那就麻煩大家了，不好意思。」

透娜兩眼翻白。

夏奇爾走到透娜前面，將威金斯警長軟軟的皺老二塞進她的嘴。

求生不能，求死不得的透娜，用憎恨的眼神瞪著夏奇爾：「我叫你……殺了我……咕嚕……用地上的槍……咕嚕咕嚕……不是這一把！」看樣子有些吞嚥困難。

「別擔心主人亂咬，主人他差不多被我打到沒牙齒了。」透娜爸爸暢飲啤酒。

「男子漢沒在擔心這種事。」夏奇爾焦躁地開始使用透娜爛掉的嘴。直挺，直挺。

感覺快硬了，就快硬了……

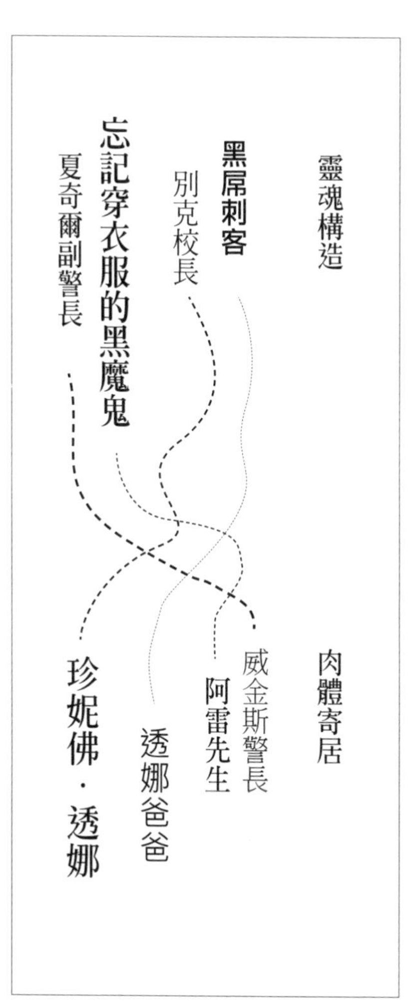

43

現在只剩下四個門。

四個門，六個人。

不知道爲什麼，剛剛有兩個門被別人「捷足先登」了，讓一起進來這個空間的六個裸體大叔感到莫名的不安，有一種被凶手下了毒，卻連什麼時候被暗算了都搞不清楚的感覺。

「不是很對勁啊。」老肯尼覺得，今天晚上每一件事都不對勁。

「那變態對我們用的，是不是巫毒教的咒語啊？我在八卦雜誌上看過幾篇介紹，很詭異的一種東西，咒語……乾癟死人頭之類的，說不上來爲什麼會這樣想，但所有的事都很邪門！」鮑爾寒毛直豎。

阿雷先生瞪著喬伊斯，這小子實在太可疑了。

「你在這裡做什麼？你是被凶手綁架過來的嗎？」阿雷先生狐疑。

「嘖嘖嘖，只剩下四個門。」喬伊斯微笑，還是正面不回答問題：「我自己是不急。但是出不去的兩個人，要等到下一次機會出去，不知道是什麼時候了呢。」

「你這小子搞什麼鬼？你爸爸人呢？」阿雷先生鍥而不捨。

洛桑先生一言不發，逕自走向其中一個門，回頭看了看大家。

「我去幫大家探探路。」洛桑先生堅定的表情底下，有個滴著冷汗的鼻頭。

打開門，沒等大家反應過來，洛桑先生迅速閃了進去。

門消失。

這樣子，一個門只能讓一個人通過，這肯定是魔法。

只剩三個門。

威金斯警長倒是果斷地往前一步，說：「別說那麼多了，我去看看狀況！」

啪！威金斯警長的肩膀卻被老肯尼抓住。

「警長，這不太對吧，我們可是有五個人。」鮑爾的手也搭著威金斯警長的肩。

「你怎麼知道門後面有沒有陷阱？」威金斯警長感到一陣臉熱。

「門後面有什麼危險大家都不知道，但，你又知道留在這裡會發生什麼？我說，剩下三個門，我們加上喬伊斯還有六個人，應該好好想想該怎麼做比較公平！」老肯尼的話倒是說得很漂亮。

「公平？」威金斯警長耳根子都紅了：「我可是警長！」

「警長又怎麼了？你搞得清楚狀況嗎？你眞罩得住的話，聯邦調查局還需要來我們綠石鎮嗎？」鮑爾不服氣地冷回。

喬伊斯噗嗤一聲笑了出來。

「喬伊斯，這裡到底是怎麼回事？你那種死表情是什麼意思？」史蒂芬先生終於忍不住也對著喬伊斯發牢騷：「你是不是知道什麼！」

畢竟喬伊斯那張賤賤的臉，那種似笑非笑的態度，實在是太可疑了。

「是啊喬伊斯，你是不是知道些什麼？」阿雷先生往前站一步，伸手就要抓向喬伊斯：「你是不是在幫凶手做什麼事？還是你被……威脅了？」

喬伊斯聳聳肩，兩手一攤。

只見阿雷先生一個箭步急轉，像盜壘一樣閃電撲向其中一道門。

「什麼！」

其餘四人大吃一驚，就在那道門瞬間消失之際，趕緊往其餘兩個門衝去，你打我，我拉你，根本不知道門後是什麼地方，卻在瞬間爭得你死我活。

喬伊斯笑得很開心。

眾叔叔伯伯忽然理性斷線，像是著了魔一樣扭打起來，這畫面實在是太逗趣了。

人性啊人性……

眞要說自己圖謀了什麼？渴望著什麼？

那恐怕就是此時此刻的拍案叫絕了吧。

「聽我說！我是警長！我出去後一定會回來救你們的！」

「我聽你放屁！除了頭銜之外，你又知道什麼了！」

「大家別吵！聽我說……我們用猜拳的方式決定最公平了！」

「這個時候誰跟你講公平！啊！好痛！操你媽！是不是來真的！」

「你們全都是妨礙公務！走開！這是命令！」

「我就看不慣你！大家一起上！」

「誰跟你一起，我說警長我們聯手！就我們倆出去！」

「憑你這句話我就第一個不讓你走！」

眾裸體大叔你一拳，我一拐，彼此牽制，互相扯後腿，打得不可開交。

夢境長廊間，喬伊斯臉上的笑容燦爛到了極致。

不。

不是這樣。

喬伊斯的笑容漸漸沉靜下來。

一切都太容易了。

雖然有一點小小的與預期出入，但也在控制的範圍之內。

實在是。

不夠。

有趣。

這些人，這些所有鎮上的人，不知不覺已被自己默默吃光了九年的夢，所有一切祕密都被自己吃乾抹淨，勝負毫無懸念，早就不是對手。充其量，不過是打發時間的瓶中寵物而已。

到底什麼時候才會遇到一個，眞正令自己不得不全力以赴的遊戲對手呢？什麼時候，自己才會享受到，所謂的……「害怕得一敗塗地」的感覺呢？

44

「啊啊啊啊啊啊啊啊啊啊啊啊！你們這些王八蛋別跟我搶啊啊啊啊！」

威金斯警長口乾舌燥驚醒，一聲戲劇性的大叫，隨之而來的，是更戲劇性的畫面。

他看見自己正赤身裸體，跟血肉模糊的馬克太太屍體，進行一場超級獵奇的做愛。

而阿雷先生正壓著透娜蜷曲的瘦小身體，瘋狂抖動自己的屁股。

「主人！主人你別昏過去啊！你要負責一直叫！一直叫！一直叫！」

「我要殺了你！我要殺了所有人！」透娜扯開喉嚨咒罵。

「主人不愧是主人！屁眼被幹到大便失禁，還是滿腦子要討回來！」透娜爸爸一腳用力踩著鮑爾的腦袋，一邊醉醺醺地喝酒：「老弟！再用力一點！別隨隨便便就射出來啊！」

鮑爾的雙手都被獵刀釘貫在餐桌上，連肉帶骨無法動彈，嘴裡兀自嚷嚷：「我？我在說話？太奇怪了，太奇怪了太奇怪了！所有一切都被詛咒了！惡魔！我們被惡魔控制了！不……我一定是在作夢！我們通通都在作夢！」

威金斯警長身子一陣哆嗦，等等……我剛剛看了什麼？

自己？我自己的身體正在跟馬克太太的屍體做愛？

「那是？我？」威金斯警長轉頭，呆呆地看著那一個不曉得在幹嘛的自己。

「洛桑？你也要來一下嗎？」夏奇爾副警長滿頭大汗地看著威金斯警長。

「啊？」威金斯警長一愣，這才驚覺自己的身體根本不再是自己。

「不是洛桑啊？那你是哪位？阿雷？老肯尼？」夏奇爾副警長歪著頭，打量著一旁的「洛桑」。

「你狗娘養的是誰？你跑到我身體裡做什麼！」威金斯警長憤怒地大吼，抄起手邊的獵槍對準了「自己」。

「你才滾開！滾開我的身體！」雙手被獵刀貫在桌上的鮑爾慘叫。

「啊，原來是警長，很抱歉你的身體現在是我的了，我會好好照顧你的人生，請放心交給我吧。」夏奇爾副警長的眼神有些迷離，還有些傻笑：「從現在起，你也要好好關照一下洛桑先生的人生，還有他的老婆小孩呢。」

「給我離開！馬上給我離開！」威金斯警長大吼大叫，衝上前，一拳打在「自己」的臉上：「離開我的身體！」

「大王給我的！你的身體是大王給我的！」夏奇爾副警長毫不客氣，一拳重重打還回去，揍得「洛桑先生」人仰馬翻：「聽清楚！你的人生也是我的了！」

「喔喔喔喔喔喔喔喔喔喔喔這是怎麼回事啊！」老肯尼的肉體整個彈起。

「頭好痛！」史蒂芬肉體的眼睛睜開的時候，只感到天旋地轉。

進入「老肯尼」眼簾的，是阿雷先生正在強姦透娜，下體跟屁眼正進行飆血大賽的透娜慘叫不已。而洛桑先生與威金斯警長扭打在一塊，但威金斯警長上半身一邊招架，下半身卻堅持要插入馬克太太的屍體。

——更重要的，是透娜爸爸正在慢慢虐殺「自己的身體」！

「操！」老肯尼本能地抄起地上的手槍，往透娜爸爸的身上開火。

而倒在沙發邊的「史蒂芬」，其視線穩定下來的那一瞬間，正好看清楚「自己的肉體」正拿槍朝透娜爸爸狂射，忍不住大叫：「啊啊啊啊啊啊啊啊啊啊啊！」

子彈射進透娜爸爸的身體裡，轟得他不得不停止手上的虐殺遊戲。

「……滿痛的啊，嘻嘻，哈哈，看樣子我黑屌刺客也差不多要暫時告退了。」

透娜爸爸看著身上的血孔，笑嘻嘻說著奇怪的話，然後閉上眼睛。

「這到底是怎麼一回事啊！」史蒂芬再度感到天旋地轉。

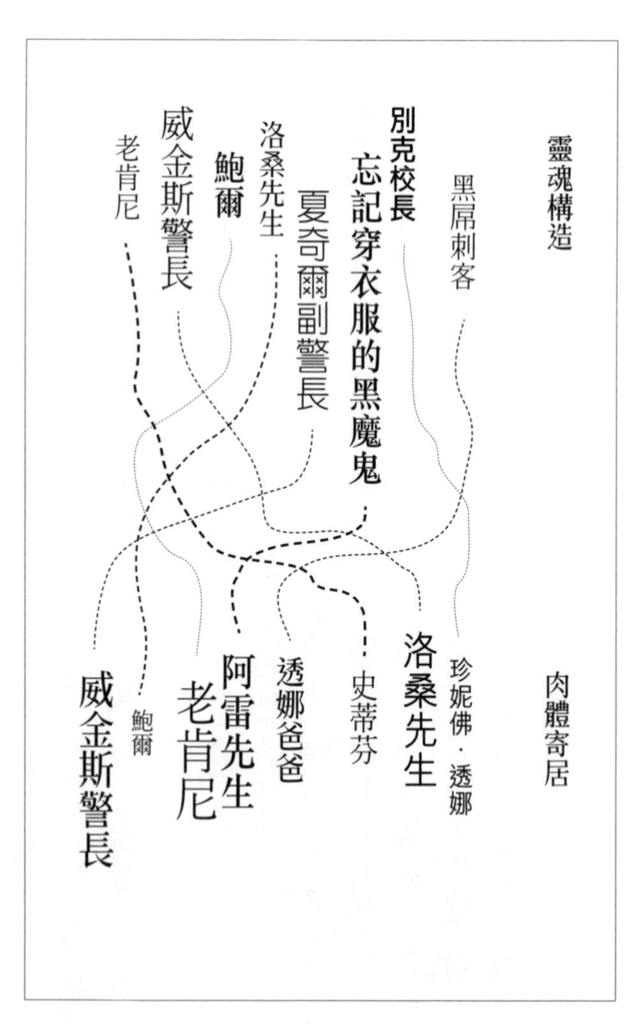
靈魂構造
黑屌刺客
別克校長
忘記穿衣服的黑魔鬼
夏奇爾副警長
洛桑先生
鮑爾
威金斯警長
老肯尼
肉體寄居
珍妮佛·透娜
洛桑先生
史蒂芬
透娜爸爸
阿雷先生
老肯尼
鮑爾
威金斯警長

45

夢意識空間裡，原本所有的門都消失了。

就連一臉欠揍的喬伊斯也忽然不見了。

原本多到層層相疊的門一個都沒再出現，只剩下一望無盡的虛無，就連「一片漆黑」也不存在，虛無，就是連顏色也徹底絕跡的一種古怪感覺。

最後沒有搶到門離開的阿雷先生與史蒂芬，正沮喪得不知如何是好，不管這個鬼地方是哪裡，總之離不開就是錯！就是屎！就是完蛋透頂！

「該死！怎麼會這樣呢？」史蒂芬焦躁得來回踱步。

「我們剛剛應該是死了，這裡肯定就是地獄！」阿雷先生更是著惱不已。

喀。

不知怎地，憑空看到一扇門打開，一個挺著刀刃般陰莖的黑人從門那一頭滾了出來，嘴裡還大笑著：「好玩好玩！果然是不能太小看主人的朋友啊！嘻嘻！哈哈！」

阿雷先生當機立斷一拳揍倒史蒂芬，再補上一腳後，立馬向門狂奔。

「史蒂芬抱歉了！」

阿雷先生慌慌張張抓住即將關上的門，一扳，鑽了進去。

史蒂芬踉蹌爬起，卻遠遠來不及了。

「阿雷……你這個卑鄙小人！」

46

「……」

阿雷先生醒來的時候，當然，肯定，絕對，非常驚訝，眼前的所有一切。混亂到了極致。

他迷惘地看著客廳裡「自己」的身體，正在強暴孱弱的透娜，還發出噁心的弱智笑聲。他還不明白這箇中道理，就虛弱得無法再看下去，他的身體流出大量鮮血，感覺到精力快速流失，低頭一看，身體竟然有好幾個彈孔。

「去死吧惡魔！你這個低級下流的強暴犯！」

寄生在老肯尼身體的「鮑爾」擺動獵槍，這次是射向正在強姦透娜的「阿雷先生」。

砰！「阿雷先生」中彈後，一時不死，竟氣急敗壞地將陰莖拔出透娜爛掉的屁眼，衝向老肯尼，一整個氣到不行：「我只射了三次！幹嘛開槍打我！」

「老肯尼」還來不及補充彈藥，「阿雷先生」就一把抱住老肯尼，狠狠地催動蠻力。

「呵呵呵呵呵呵呵你後悔開槍打我了吧呵呵呵！」阿雷先生笑咪咪地用力。肺部的空氣迅速被擠壓出去，「老肯尼」連發出慘叫都辦不到，肋骨便在眨眼間斷裂，老肯尼的雙眼瞪大，只能發出模糊的嗚嗚唉唉聲。

此時困在史蒂芬身體裡的老肯尼靈魂，原本還在頭昏眼花狀態，一看到自己的身體落難，神智登時變得無比清醒，抓起地上一把獵槍，對著「阿雷先生」就是一槍：「去死！」

阿雷先生頸部中彈，開在頸動脈上的大彈孔火山爆發式地噴出鮮血，總算是鬆開了奄奄一息的「老肯尼」。

「老肯尼」毛毛蟲般軟癱在地，口鼻冒出大量鮮血，眼見是活不成了。

「你不要死啊！你死了我怎麼……天啊上帝啊！主耶穌啊！」活在史蒂芬身體裡的老肯尼哀嚎不已，卻只能眼睜睜地看著自己的肉身嚥下最後一口氣。

大混仗之外的小混仗裡，威金斯警長靈魂控制住的洛桑先生肉體，真不愧是種玉米田的職業農夫，靠著十分硬朗的身體，已經制伏了夏奇爾副警長寄生的威金斯警長的一身肥肉。

顧不得是自己的身體，威金斯警長坐在自己身上不斷痛毆，想一鼓作氣把他打昏。

「放開我！我必須依照跟大王的約定……必須依照約定跟馬克太太做愛啊……」夏奇爾副警長控制的威金斯警長身體，在拳打腳踢中依然苦苦堅持。

「狗娘養的雜碎！還不快點滾出來！滾出！我的！身體！」威金斯警長控制的洛桑先生，一拳，一拳，一拳，又一拳打落：「聽見了沒有！你會害我得奇怪的性病！」

「天啊天啊！我該怎麼辦啊！我怎麼就這樣死了啊！我還要幫我兒子洗刷冤屈啊！」老肯尼扯破史蒂芬的喉嚨大叫：「救護車！救護車啊！」

「不管是誰……快點幫我把……刀子拔出來啊！」洛桑先生寄居的鮑爾身體，用哀求聲標示自己微弱的存在感：「我的手已經沒感覺了，血也流太多了吧？我需要緊急輸血！」

「嗚……嘔……」被封印在透娜身體裡的別克校長，只剩下昆蟲等級的力氣。

現場眞是一片悲慘的大混亂。

碰！

此時大門轟然破開。

失蹤三天的夏奇爾副警長，威風凜凜地站在眾人視線的焦端。

每一個人都知道。

站在門口的那個人，不管是誰，肯定不是夏奇爾就對了。

「終於讓我趕上了。我是——」

夏奇爾副警長露出猙獰的笑容，一把抓向跪在地上崩潰大哭的史蒂芬腦袋，輕鬆一擰，登時爆碎噴漿射眼，囂張地吼道：「大名鼎鼎的！無限復活的！鐵！腕！碎！石！機！」

「啊啊啊啊啊啊！哪有可能！」威金斯警長控制的洛桑先生，趕緊拿起獵槍。

太慢了，鐵腕碎石機迅速抓住槍管，一扭，槍管大幅彎曲。

再一扭，威金斯警長寄生的洛桑腦袋，也給三百六十度撕了下來。

鐵腕碎石機再雙手往裡一壓，洛桑的頭顱像榨橘子一樣，汁液淋漓炸開。

「不要過來！不要過來！我絕對不會把今天晚上發生的事說出去！」雙手被獵刀釘在餐桌上的「鮑爾」嚇得再度尿失禁：「不要殺我！」

「不殺你當然也行！」鐵腕碎石機大步跨前，雙手抓住鮑爾的雙肩，一扯。

鮑爾哇哇大叫，立即脫離了餐桌，但也完全擺脫了血淋淋的雙手。

那是何等不正常的劇痛！鮑爾痛到在地上滾過來啊滾過去，像陀螺一樣拚命打轉，像被扔進檸檬汁裡的蚯蚓一樣死命亂動。寄居在鮑爾身體裡的洛桑先生，無限期反悔地用頭瘋狂撞地，只求把自己的頭撞爛，快快死好。

喉嚨正在飆血的阿雷先生，笑呵呵地看著鐵腕碎石機。

鐵腕碎石機果斷脫下了褲子：「強姦主人這種事！怎麼可以少了我！什麼！還有一條老二！」

癱趴在地上一動也不動的透娜，陡然睜大雙眼。

「呵呵呵呵，等你上完，我走之前還想射第四次呢！」持續失血的阿雷先生抓抓頭，感到很不好意思似地：「呵呵呵呵呵呵呵……」

光著下半身的鐵腕碎石機，雄赳赳、氣昂昂地看了威金斯警長的身體一眼。

「鐵腕碎石機！你不可以殺我！」夏奇爾副警長寄居的威金斯警長身體，此時竟如此大言不慚：「因爲我們是同一國的！」

鐵腕碎石機睥睨不已：「同一國？一起強姦過主人，才是我同一國的好哥兒們！」

「我等很久了！這是我的榮幸！」

夏奇爾副警長徹底掌握了新的人生，一步踏前，撈起軟綿綿的透娜：「務必讓我加入！」

透娜。

可憐的透娜。

氣若遊絲的可憐小透娜。

這個臉上有著可愛雀斑的九年級小女孩，發出了，綠石鎮有史以來最絕望的……

慘叫聲。

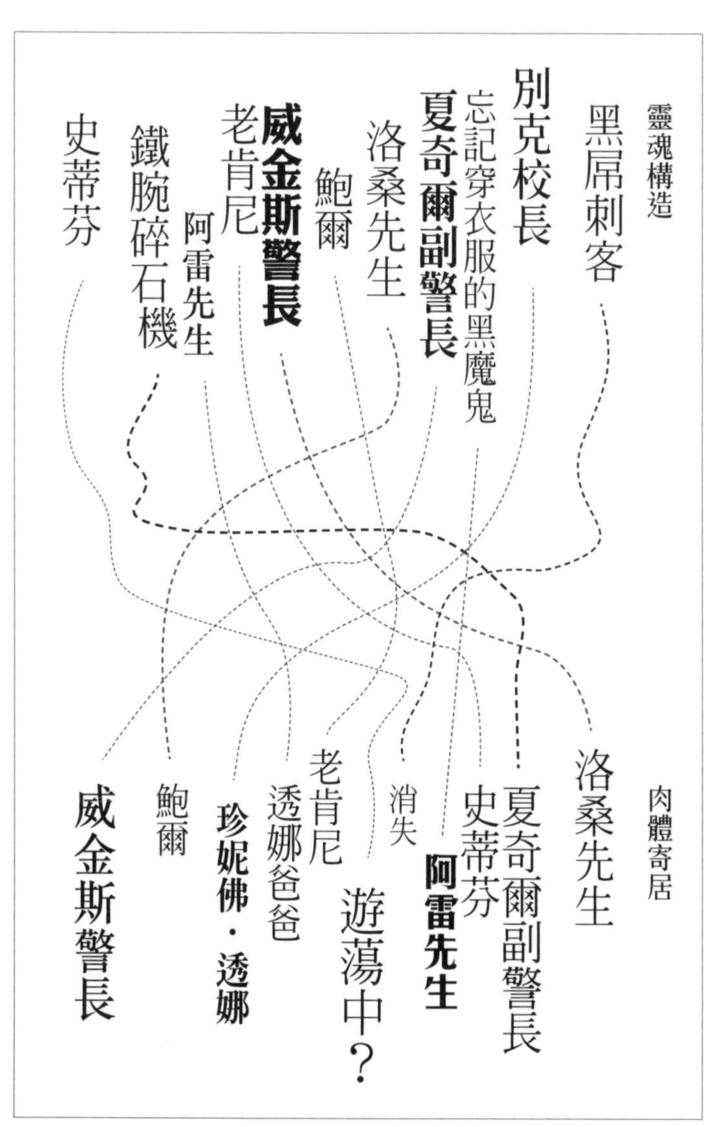

靈魂構造
黑屌刺客
別克校長
忘記穿衣服的黑魔鬼
夏奇爾副警長
洛桑先生
鮑爾
威金斯警長
老肯尼
阿雷先生
鐵腕碎石機
史蒂芬
肉體寄居
洛桑先生
夏奇爾副警長
史蒂芬
阿雷先生
消失
遊蕩中？
老肯尼
透娜爸爸
珍妮佛・透娜
鮑爾
威金斯警長

47

天亮了。

綠石鎮卻還深陷在無止盡的黑暗裡。

當聯邦調查局的探員終於出現在綠石鎮協助破案的時候，根本無人出來接待交涉。

所有鎮民都還在睡覺。

所有鎮民都在，作夢。

……一口氣被徹底償還的，夢的最驚人數量。

綠石鎮的鎮民還不知道，在他們下一次睜開眼睛時，會甦醒在哪一個身體裡。

畢竟太無聊的小鎮，需要有超級不無聊的，隨機交換人生的極致體驗來平衡。

乍看之下，所有人都還在睡覺，是小事。

至於透娜家裡的腥風血雨，則毋庸置疑，是大事。

封鎖線像蜘蛛網一樣四面八方拉開。

封鎖線之內，慘不忍睹。

這個家的女主人躺在臥房床上，下體爆裂而死。

男主人在客廳身中數彈死亡。

一個失去雙手的男人把自己的頭砸爛在地板上，肝腦塗地。

一個胸骨寸折寸裂、內臟盡數遭擠爛的男人，氣絕在地上。

兩具沒有頭的屍體。

一具被子彈轟得亂七八糟、生前顯然也遭遇到可怕輪姦的老婦人屍體。

全都是裸屍。

幸運的是，發現了三個生還者。

「……我……我不是……我……」

第一個生還者是男性，身中三槍，槍槍致命。

他說了這一段模糊不清的字句之後，就只剩下兩個生還者了。

「不要緊的，必要的時候，我再拜託大王重新開始我的人生就行了。」

威金斯警長並無大礙，坐在角落喃喃自語，不停重複著這一句曖昧不明的獨白。

第三個生還者，是一個小女孩，這個家的寶貝千金，珍妮佛．透娜。

慘絕人寰。這個天真無邪的雀斑小女孩，被打得連她媽媽都認不出來……幸好她媽媽已經死了，不必承受天崩地裂的心痛。沒一顆牙齒是完好的。嘴唇瘀腫。雙耳耳道破裂。右耳嚴重撕裂傷。左耳不見蹤影。鼻樑斷折。左眼有失明的危險。肋骨斷了五根。四根手指骨折，左手食指與右手小指消失。左腳踝複雜性骨折。大腿少了一點肉。兩顆奶頭俱遭拔除。陰道糜爛。多重器官功能受損。

「……」透娜連眨眼的力氣都沒了，遑論發表感想。

即使能僥倖活下去，瞧她屁眼的慘狀，下半生使用人工肛門度日的可能性極高。

「這裡的慘狀實在是太驚人了，必須請求更上層的授權。」

聯邦調查局只看了透娜家的慘狀一眼，就做出了這樣的判斷。

做了緊急醫療處理，一個小時後，聯邦調查局的探員便全數撤走。

取而代之的，是直接降落在玉米田旁的四架黑色直升機。

十幾名身穿黑色西裝、眼戴黑色墨鏡的男女，出現在透娜家的封鎖線內。

他們冷酷的黑色西裝上，都別著一個閃閃發亮的銀色徽章。很難想像，那個小小的銀色徽章，足以讓這群黑衣人擁有全美國最不可思議的執法特權，令他們得以隨時挪動法律的定義與界線。

其中一個黑衣人點了一根菸，蹲下，凝視著只剩十分之一條命的透娜。在如此絕境都能存活下來，眞是一條難能可貴的生命。不管是求生意志，還是絕頂幸運，在這個小女孩的身上都無法挑剔。

「F組，加一，編號F2397342。」

所有黑衣人點頭表示認可。

抽菸男打量著兩眼無神，只會重複又重複奇怪論調的赤裸威金斯警長。

「F？還是……K？」一個紅頭髮的黑衣女試探性地問。

「幾乎可以斷定，他不是凶手。」抽菸男皺眉，慢慢吐出淡淡的煙圈：「眞正的凶手大概跑了，這位警長充其量只是嚇瘋。不過他只受了一點點皮肉傷，大概是從旁協助了眞正的凶手，所以才能苟延殘喘下來。」

「這算是一種求生本能吧。」紅髮女點點頭。

「當然是一種求生本能，也是意志力的卓越展現。」另一個黑衣男同意。

抽菸男下了總結：「F組，加一，編號F2397343。準備運送新梯次的包裹。」

「是。」

「所有人馬上建立臨時犯罪研究中心，針對現場跡證，模擬出凶嫌性格與能力。」

「瞭解。」

「十六個小時之內啟動獵捕專案，請總部調派預備派遣等級３Ａ以上的好手。」

所有黑衣人一起指著黑色領口上的銀色徽章。

閃閃發亮，如同這一場即將開始的獵捕戰爭，必將——流焰四射。

48

院子裡的洞，無聲無息地給填平了，彷彿一切不曾發生過。

渾身痠痛的牧師呆呆地看著終於平靜的後院。

這個小鎮的祕密，似乎，也被這個洞給悄悄掩埋了。

「老公……你？你好了嗎？」牧師太太緊緊握住牧師佈滿粗繭的手。

「我也不知道。」

牧師完全不知道發生了什麼事，最後的記憶反而是一直一直在挖洞。

然後醒來，這個大洞竟然就不見了。

「我有看到喔，是爸爸一個人把洞補起來的，好厲害喔！」小恩雅開心地跑來跑去：「好辛苦但是也好厲害喔！」

是這樣的嗎？

一個人，就花一個晚上，就可以把那麼深那麼蠢的一個洞給填平？

牧師狐疑地歪著頭。啊，脖子好痠，簡直隨時都會自己斷掉一樣。

「當然是你，難道還會有別人這麼傻嗎？」牧師太太沒好氣地說。

就在牧師一邊搖頭晃腦唸聖經，一邊把滿院子的廢土塡回洞裡的時候，喬洛斯把鎮上所有在屋頂發情鬼叫的野貓都給剪了尾巴，還順手燒掉了兩台警車。

「嘻嘻嘻嘻哈哈哈哈哈哈哈！我要把這些尾巴蒐集起來！綁成一條鞭子！」

暫時沒有人會追究這個大肆胡鬧的小魔星，因爲整個小鎮的居民，都還在夢裡。

喬伊斯也在院子裡的躺椅上睡覺。

他睡得很香甜。

他總是睡得很愉快。

喬伊斯的夢，永遠，充滿了，許許多多好玩的繽紛遊戲。

他永遠都在等待，一個能夠將他徹底喚醒的，那一個人。

49

Party Party Party！

今天，眞是無話可說的風和日麗。

陽光燦爛，暖風和煦，風裡還帶著玉米田甜甜的香氣。

終於看到了綠石鎮的道路指示牌，汽油也正好用掉最後一滴。

就這麼將無法動彈的車子，滿不在乎地，大剌剌停在州際道路的正中央。

佈滿焦灼彈孔的警車車門咿咿啞啞打開，一雙爛到開口笑的皮鞋踩下。

「抱歉啦怪物，路上一時興起，耽擱了一點時間。」

牛仔男笑得很囂張。

今天，將是無話可說的……

殺人限定，邪惡報酬

都恐就都恐，不要一直加幹

《蟬堡》的連載從二〇〇四年至今，已經超過十年了。

換算成袖子的陰莖，大概可以尿出一條環台一圈的驚人好老二。

起先，《蟬堡》是殺手系列小說的一個內宇宙設定，每個殺手在完成任務之後，都會收到一份名爲《蟬堡》的連載小說，說是連載，但內容其實並不連續，斷簡殘篇，支離破碎，據說還沒有一個殺手收到過大結局，也沒有人眞正看過發送《蟬堡》的郵差長什麼模樣，只知道《蟬堡》的發送從來都是用牛皮紙袋簡易包裝。更沒有殺手知道《蟬堡》的作者是誰，只知道這個黑暗的故事來自於非常人理解的世界。

在這個「小說裡的小說」前提下，我開始寫《蟬堡》，列印出來，蓋限定章，裝在信封袋裡，在殺手簽書會時發送給排隊等候的大家，後來也附在《殺手》實體書中當作贈品。迴響比我預期的還要熱烈一千倍。

這是一個我與最忠實讀者之間的遊戲。禁止商業使用，禁止線上閱讀，於是許多讀者自動自發影印手中的《蟬堡》章節，去跟其他讀者手中的其他版本作交換，據說因此產生很多莫名其妙的情侶。這也是讀者與讀者之間的鐵桿限定遊戲。

只有當《殺手》小說每完成一本實體書的時候，我才會寫一次《蟬堡》，等於是一年寫一次的超級漫長連載，每一次連載的時候，我都會盡全力留下懸念，反正要解決這個懸念的，永遠都是明年的我，不是現在，於是我都非常痛快地挖坑，好造成下個年度自己的嚴重困擾，逼使自己在懸念困境中尋求更強大的突破。

就這麼斷斷續續寫了十年。倚靠的，都是逐年留下來的設定筆記，讓我的靈感不致於在歲月的巨流中恍惚佚失。以「年」爲單位的連載裡，永遠都存在著對過去自己的背叛，每一年都有更好一點的突發奇想，幸好有豐富的筆記當後盾，不羈絆也不拘束，讓我得以在縝密的預先規劃中，找出與自己對抗的更妙一著。

這個非商業非公開的連載遊戲，當然可以繼續如此點點滴滴、滴滴點點、東拼西湊玩下去，但每一次在簽書會現場，不管我是簽哪一本書，都會聽到很多很多很多讀者希望我能夠好好地完成「都市恐怖病」系列，雖然都是人話，但聽起來都很沒水準。

「刀大！都恐到底什麼時候要寫完啊幹！」

「……好是好啊，但爲什麼要加幹？」

「刀大！都市恐怖病好久沒更新了！你是不是忘了你寫過這個故事啊幹！」

「沒忘記啊，但爲什麼要加幹？」

「刀大！你到底什麼時候要把Hydra打爆啊幹！」

「快了啦！但爲什麼要加幹？」

「刀大！你的睪丸是不是破掉啦！飛行呢？罪神呢？都恐呢幹！」

「我有一大串很便宜的睪丸難道我要整天掛在嘴邊告訴你嗎？但爲什麼要加幹？」

「刀大！都恐！都恐！都恐！都恐！幹你娘！」

「都恐就都恐，爲什麼要幹我媽媽？眞的要給你幹你是眞的敢幹喔！」

每一次，每一次，每一次，面對讀者沒水準的幹聲連連催促時，我都很想翻白眼大叫：「笨蛋！我不早就開始寫了嗎！都沒看仔細！都沒好好蒐集！蟬堡就是都市恐怖病系列的前傳啊！」

還有！不要整天一直幹幹幹！大家都是讀書人好嗎！

眞的都是笨蛋！我以爲所有人看到我描述的喬伊斯初登場的模樣，那一臉燦爛陽光笑容，那一副無懈可擊的架式，那雙湛藍色的眼睛，都會清清楚楚意識到……啊！那不就是天下第一出門就去給車子撞死好了的大混蛋大王八蛋Dr. Hydra嗎！

是啊是啊，我眞是太自以爲！

所以啦！在我用很變態的寫作方式扭扭捏捏連載了十年後，我決定痛定思痛，好好地將《蟬堡》這個系列給完成，出版成實體書，將在都市恐怖病系列裡面，那一個瘋狂惡搞所有人人生的那個精神病醫生的過去，好好寫清楚，補完都恐系列大魔王的誕生。

Dr. Hydra的童年是怎麼搞的？

他又是如何擁有九個能力特異的人格？

在遇到師父黃駿、跳電線桿小子淵仔、神槍手赤川、天才金田一八零、空間撕裂女婷玉、陰莖神柚子之前，Dr. Hydra究竟遭遇過什麼樣的冒險？

爲什麼我要把台味十足的「大哥大」放在都市恐怖病系列底下？

爲什麼「狼嚎」這種非常西方奇幻的故事，會出現在都市恐怖病之中？

蟬堡，究竟是一個什麼樣的組織？地方？場域？異世界？

此一補完Hydra的黑暗冒險，都市恐怖病的最後衝突才能眞正開始。

《蟬堡》是一個系列，誕生自神聖，成長於黑暗，終結在無光無明無正義。

但這個系列，並不會像《獵命師傳奇》一樣撞擊出那麼大的一個坑（是的，假以時日我會好好地寫《獵命師》東京大核爆後的……《獵命鎮魂曲》，去好好完結眾獵命師團毆凱因斯的隕石坑）。

我目前的規劃裡，「蟬堡」可能是由三本書構成。三本書，我會努力一本接一本然後又一本，環環相扣，彼此爲鑰。

都市恐怖病，我的起點。

蟬堡，都市恐怖病的起點。

我們重新開始！

《蟬堡，全世界我們最可憐》即將登場。

國家圖書館出版品預行編目資料

蟬堡／九把刀著. -- 初版. -- 台北市：蓋亞文化，2015.07-
冊；公分. -- (九把刀.小說;GS015)

ISBN 978-986-319-167-4 (平裝)

857.7 104010897

九把刀・小說 GS015

蟬 LAB C 堡〔沒有夢的小鎮〕

作者／九把刀（Giddens）
封面設計／克里斯
出版／蓋亞文化有限公司
地址◎台北市103赤峰街41巷7號1樓
電話◎（02）25585438　傳真◎（02）25585439
部落格◎gaeabooks.pixnet.net/blog
服務信箱◎gaea@gaeabooks.com.tw
投稿信箱◎editor@gaeabooks.com.tw
郵撥帳號◎19769541　戶名：蓋亞文化有限公司
法律顧問／義正國際法律事務所
總經銷／聯合發行股份有限公司
地址◎新北市新店區寶橋路二三五巷六弄六號二樓
電話◎（02）29178022　傳真◎（02）29156275
港澳地區／一代匯集
電話◎（852）27838102　傳真◎（852）23960050
地址◎九龍旺角塘尾道64號龍駒企業大廈10樓B&D室
初版／2015年07月
定價／新台幣 280 元
Printed in Taiwan

ISBN／978-986-319-167-4

GAEA

Gaea